CHRONIQUES DE KITCHIKE

Nouvelles

LA GRANDE DÉBARQUE

Du même auteur

Yawendara et la forêt des Têtes-Coupées, jeunesse, Le Loup de Gouttière, 2005.
La femme venue du Ciel : mythe wendat de la Création, jeunesse, Éditions Hannenorak, 2011 ; nouvelle édition, 2016.
Au pied de mon orgueil, poésie, Mémoire d'encrier, 2011.
De la paix en jachère, poésie, Éditions Hannenorak, 2012.
Les grandes absences, poésie, Mémoire d'encrier, 2013.

Dans l'univers de Kitchike

« Hannibalo-God-Mozilla contre le Grand Vide cosmique », *Amun*, nouvelles, sous la direction de Michel Jean, Stanké, 2016.

Louis-Karl Picard-Sioui

CHRONIQUES DE KITCHIKE

Nouvelles

LA GRANDE DÉBARQUE

éditions
HANNENØRAK

Catalogage avant publication de Bibliothèque et Archives nationales
du Québec et Bibliothèque et Archives Canada

Picard-Sioui, Louis-Karl, 1976-

    Chroniques de Kitchike : la grande débarque : nouvelles

    ISBN 978-2-923926-17-9

    I. Titre.

PS8631.I33C47 2017   C843'.6   C2016-942154-6
PS9631.I33C47 2017

Éditions Hannenorak
24, rue Chef Ovide-Sioui
Wendake (Québec) G0A 4V0
Téléphone : 418 407-4578
editions@hannenorak.com
editions.hannenorak.com

Mise en pages et maquette de la couverture : KX3 Communication inc.
Illustrations de la couverture : Jay Odjick
Direction littéraire : Christiane Lahaie
Révision : Sylvie Nicolas et Cassandre Sioui

Les Éditions Hannenorak tiennent à remercier le Conseil des arts du Canada et la Société
de développement des entreprises culturelles (SODEC) de leur soutien financier.

© Éditions Hannenorak, Louis-Karl Picard-Sioui
Tous droits réservés

Dépôt légal : 1er trimestre 2017
Bibliothèque et Archives nationales du Québec
Bibliothèque et Archives Canada
ISBN 978-2-923926-17-9 (papier)
ISBN 978-2-923926-77-3 (PDF)
ISBN 978-2-923926-78-0 (EPUB)

Distribution au Canada :

Diffusion Dimedia
539, boul. Lebeau
Ville St-Laurent (Québec) H4N 1S2
Téléphone : 514 336-3941
Télécopieur : 514 331-3916
www.dimedia.com

Les personnages et les situations de ce récit étant purement fictifs,
toute ressemblance avec des personnes ou des situations existantes
ne saurait être que fortuite.
Il est à noter que les opinions exprimées par les personnages
ne reflètent pas nécessairement celles de l'éditeur.
L'éditeur décline toute responsabilité à cet égard.

*Chaque peuple enneige
les pointes tachées de son histoire*

*quand nous serons en froid
le silence en partance
couvrira nos mensonges*

JEAN SIOUI, *L'avenir voit rouge*

COMPTINE DE KITCHIKE

un capteur de songes su'l miroir de ton char
pratique les nuits où tu t'y endors, soûl mort
à compter les étoiles jusqu'à l'aurore
pu une cenne qui t'honore
t'es barré au Gaz Bar
pas grave, mononc' Jack y'est chef
y veille sur ton sort
y t'dit : « sors tes plumes, tes franges, pis couvre-toi le corps
boucane le ministre, pis souffle ben fort
une steppette par icitte, une steppette d'l'autre bord
fais-y un bon show que l'argent coule à flots
pis crois-moi, mon Jos, tu vas veiller tard »

PROLOGUE

Dong ! Ding dong !

Ayoye. Saint-Gabriel-de-Kitchike m'réveille à grands coups de cloche. Ma tête veut fendre en deux. Le corps encastré dans les profondeurs d'un matelas, les draps détrempés pis la gueule pâteuse. J'pense que j'ai avalé un cendrier. J'serre les dents pour réussir à entrouvrir un œil. Y'a un fan qui vrille le plafond. Fuck, j'suis pas chez nous. Ça, c'est certain. J'referme mon quenœil avant que le mouvement des pales m'donne la nausée. Pierre Wabush, grand innocent, tu devrais pas boire autant. Ça t'éviterait les lendemains d'veille à cultiver le néant.

Dong ! Ding dong ! Dong !

Tabarnak, pas moyen de s'rendormir avec le clocher qui fait des siennes.

J'étire le bras, j'tâte les draps, un peu plus loin, toujours plus loin, jusqu'à ce que mes doigts touchent l'extrémité du matelas. Bon, t'es la seule épave dans ce lit-là. T'auras pas à partager ton haleine avec personne. N'empêche, j'haïrais pas ça savoir où c'est que j'me suis échoué encore.

Rembobinons la soirée d'hier pour voir.

Un p'tit feu printanier chez Jakob pour célébrer le retour au bercail de Teandishru'. Notre coqueluche nationale commence à s'prendre un peu trop au sérieux, mais bon. Un chum, c'est un chum, pis c'est un clisse de bon guitariste. Ça attire les curieux pis les groupies, pas juste l'attroupement habituel de fin de veillée. Ça, pis la dizaine de palettes qu'on a alignées dans le brasier.

Qui est-ce qui était là, déjà ? Les gars de la shop, ben sûr. Le vieux Noé qui nous a entertainés avec ses singeries pis ses histoires. Max Yaskawish, le proprio du Gaz Bar, parce qu'il faut ben que le clan Tooktoo aussi soit représenté. Le jeune Cœur-Brisé fait la fierté de toute la communauté. C'est ben l'un des seuls à pouvoir réaliser ce genre d'exploit. Même Roméo, le chamane local, est passé faire son tour pour célébrer la fin de tournée de son neveu. Ça, c'est de la visite rare dans les soirées d'fond de réserve.

Dong ! Ding dong ! Dong !

Focus, Wabush. T'es pas dans le lit du vieux Méo, certain.

La gent féminine, qui c'est qui était là ? La blonde à Jean-Paul, ça, j'me souviens. Elle a passé son temps à le surveiller pour pas qu'y boive. Peu probable qu'elle m'ait ramené. La petite Beth de la Basse-Côte venue faire sa groupie. Elle s'abaisserait pas à baiser avec moi. À part ça, les filles du dep : Stéphanie, l'ex à Charles — j'touche pas à ça –, Sophie Tooktoo, Lydia.

Lydia. Lydia Yaskawish, évidemment.

— LYDIA ?

Dong ! Ding dong ! Dong !

Pas de réponse.

J'gueule un peu plus fort pour faire concurrence au clocher. Mais j'suis pas mal certain qu'y'a personne dans baraque.

Du revers de la main, j'me dégarnis les yeux des flocons de sommeil sédimentés, pis j'trouve la force de m'asseoir. Les murs rouge écarlate, le mobilier en contreplaqué, les affiches de Timberlake qui côtoient celles de Sitting Bull. Pas de doute, j'suis chez Lydia. Encore. Faudrait que j'me souvienne de pu faire ça. C'est plus facile de se rappeler ces détails-là quand tu te lèves avec la gueule de bois que quand t'es soûl. Pis bandé. N'empêche, ça commence un peu trop à ressembler à une habitude.

J'me décolle les fesses du lit pis j'pars à la recherche de mes shorts, pis du reste de mon accoutrement. J'ai jamais été bon dans les courses au trésor, pis avec la tête qui veut exploser, j'choisis finalement de commencer mon périple aux toilettes.

Tiens, elle m'a laissé un post-it sur la pharmacie.

Touche pas aux bleues.

Eh ! elle commence à me connaître un peu trop ben ! Mais vu que j'la respecte, j'me contente des blanches, pis des rouges.

C'est pas des Smarties, faque j'pas obligé de les garder pour la fin.

Le clocher s'est tu et j'devrais pu en avoir besoin, mais j'prends pas de chance.

J'fais le tour de l'appart trois fois pour récupérer mon linge. J'retrouve mes shorts dans les draps, mon t-shirt dans le hall, mes culottes dans l'salon.

Ç'a dû être plus rock and roll que tu pensais, mon Wabush.

J'lève une jambe pour m'enculotter, mais quand j'la r'dépose au sol, j'sens la froideur un peu trop mobile d'une petite carcasse de métal, pis j'sacre le camp sur l'cul. Tabarnak ! Mon mal de bloc descend jusque dans le coccyx.

Fuck Lydia, j'vais prendre les bleues pareil. T'avais rien qu'à dire à ton petit balafré de pas laisser traîner ses Hot Wheels sur le tapis.

J'me redresse en retenant mon souffle, en me faisant accroire que ça fait moins mal de même, pis j'aperçois un autre post-it sur la table du salon.

Gare aux camions.

J'peux pas m'empêcher de rire.

Y'est temps de couper les ponts.

C'est à ce moment-là que mon téléphone s'met à vibrer.

Oh non ! Wabush, tu réponds pas. Tu connais la règle. Le lendemain, c'est ni vu ni connu. Elle a beau être jeune et sexy, pis savoir me faire rire même quand est pas là, j'suis pas prêt à parquer mon pickup dans le même garage chaque soir. Surtout si ça veut dire jouer au père substitut avec le p'tit Waso. Si j'avais voulu une famille, j'en aurais eu une avant mes quarante ans. J'ai jamais voulu faire endurer l'agonie de Kitchike à une descendance. C'est pas un héritage à perpétuer : perdus entre la ville et la réserve, notre passé glorieux pis notre présent de colonisés, sans rêves pis sans espoir, pris dans nos chicanes de clocher, entourés de mares de Grenouilles racistes, sous l'omerta des petits princes du Canada. Partir dans vie avec deux strikes, j'souhaite pas ça à personne.

J'ramasse mon sweater sur la télé. J'enfile le bas qui traîne dans l'couloir. J'ai beau chercher partout dans l'appart, j'trouve pas son jumeau. J'pas mal certain que j'avais plus qu'un bas quand j'suis sorti hier.

Fuck, j'vais pas passer la journée icitte non plus. Surtout que j'commence à avoir faim.

J'm'approche du frigidaire, j'saisis la poignée, pis la sonnerie de mon cell me fait sursauter. Oh ben, câlisse ! Elle m'a laissé un message. Comme si j'avais besoin de ça. Mon estomac m'envoie une notification sonore à son tour, pis j'me décide à ouvrir la porte du frigo. J'peux pas m'empêcher de sourire. Sur l'étagère du haut, juste en dessous d'un paquet de tranches d'orignal fumé, se trouve le bas manquant. Pis, évidemment, un dernier post-it jaune.

Surprise !

Clisse de Lydia. Y'est temps que j'décampe. J'remets mon bas, beaucoup trop froid pour être confortable, pis j'engloutis les tranches d'orignal. J'pense que c'était un cadeau, mais, au pire, j'considérerai ça comme une douce vengeance.

J'avoue que là, j'ai un moment de faiblesse. Ou de lucidité. Ou juste de curiosité. Peu importe. J'ai soudainement envie de savoir, faque j'débarre mon cell pis j'prends le message. C'est pas Lydia, à moins qu'elle ait mué pendant la nuit. Nah, c'est un homme, pis j'pas mal certain que j'le connais pas :

— Geronimo, le vieux m'a dit que t'étais game.

J'vais t'attendre au Halloway. Le 17, à minuit.

Watch pour un foulard mauve.

Pis sois subtil.

Un frisson m'parcourt le corps. J'suis convaincu que ç'a rien à voir avec mon bas réfrigéré. C'était pas juste des histoires...

C'est là que ça se passe. Le changement de régime. La justice divine va frapper notre communauté, pis ç'a l'air que c'est toi qui vas devoir porter l'épée. Faut que les bottines suivent les babines, mon Pierre. C'est là ou jamais.

J'range le cell dans ma poche, pis j'm'avance vers la sortie. Mais juste avant d'ouvrir la porte, j'peux pas m'empêcher d'arrêter devant la photo stagée qu'y'a sur le mur du hall d'entrée. Lydia, radieuse, le petit Waso dans les bras. Y doit pas avoir plus de deux ans là-dessus. Y portait pas encore sa cicatrice. Y'était beau, parfait.

Kitchike a le tour de pervertir tout ce qui est beau et bien. De t'ouvrir le corps pour que tu patauges dans tes entrailles. Wabush, t'as jamais voulu de descendance sauf que la vérité, c'est qu'on existe. On est toujours là. Y'a des petits clisses comme Waso qui ont à grandir icitte, à survivre icitte.

J'sais pas si c'est à cause des post-it, du don d'orignal, de la promenade en Hot Wheels ou juste parce que c't'un lendemain de brosse, mais soudain, j'sens monter des larmes. Des larmes de rage irrévérencieuse. J'me dis que si y'a quelque chose que j'peux faire dans ma vie de merde pour que nos kids puissent avoir une chance de s'épanouir dans notre no man's land de réserve, pas question que j'laisse passer l'train.

Le décompte est commencé.

J'claque la porte.

Watch out, Kitchike.

JEAN-PAUL PAUL JEAN-PIERRE

Jean-Paul Paul Jean-Pierre s'était levé un beau matin pour constater qu'un trou béant s'était installé chez lui. Pas le temps de prendre un café ou de se griller un bout de pain ni même une cigarette. Le trou noir s'était invité tôt ce matin pour monopoliser ce sofa que Jean-Paul Paul Jean-Pierre n'avait jamais pu apprivoiser, malgré les heures et les journées et les semaines qu'il y avait consacrées.

Jean-Paul Paul Jean-Pierre n'avait pas d'emploi. Il avait déjà travaillé, expérimenté une myriade de métiers, mais rien ne lui avait plu. Jean-Paul Paul Jean-Pierre aimait créer de ses mains, c'était un artisan, mais il ne pratiquait plus. Jean-Paul Paul Jean-Pierre n'avait jamais étudié. Les instructions des profs, les chiffres et les lettres des cahiers, la « matière immatérielle », comme il disait, de tout ça, dans son esprit, rien n'avait collé. Et il se plaisait à croire – il en était convaincu – que ces « intellectuelleries » n'étaient pas pour ceux de sa race.

Jean-Paul Paul Jean-Pierre était un Indien. Un Indien on ne peut plus indien, hors de l'Inde. Mais il n'était pas membre de la diaspora du sous-continent. Il n'était pas ce genre d'Indien. Jean-Paul Paul Jean-Pierre était un Indien d'Amérique. Un Amérindien aborigène autochtone indigène, membre des Premières Nations d'Amérique du

Nord de la Grande Tortue. Un natif de Kitchike. Il en était originaire, y demeurait et, comme ses parents avant lui, s'y était marié, y avait divorcé puis s'y était acoquiné avec la copine du voisin.

Contrairement aux parents de Jean-Paul Paul Jean-Pierre, la copine du voisin n'était pas de Kitchike. Bien entendu, elle était elle aussi une Amérindienne aborigène autochtone indigène, membre des Premières Nations d'Amérique du Nord de la Grande Tortue, mais elle était Algonquine, Anishnaabe. Et surtout, elle venait de la ville. La vraie ville, la grande ville, la Cité, pas la petite bourgade adjacente qui tient lieu de ville aux gens de Kitchike. La copine du voisin connaissait peu de gens à Kitchike. Aussi, quand le charmant voisin s'était sournoisement transfiguré en péteur de coches aux tendances alcoolo-agressives, elle avait tout simplement débarqué chez Jean-Paul Paul Jean-Pierre. Comme elle se trouvait là, sur son sofa qu'elle ne semblait pas vouloir quitter, et comme elle n'avait aucun autre endroit où aller, il avait décidé d'écouter ses doléances et ses peines et de la consoler. Et, sans qu'il s'en rende vraiment compte, elle était restée un moment, une nuit, une année. Elle avait élu domicile dans son logis, son esprit et sa vie.

Plus il y pensait, plus ça devenait clair, maintenant. La copine du voisin – Julie-Frédérique – s'était installée, comme ça, un bon matin où il s'était levé, et elle s'était enracinée dans le même sofa où est resté pris le trou noir. Jean-Paul Paul Jean-Pierre se demandait s'il devait bénir le siège d'avoir attrapé Julie-Frédérique ou le sermonner d'avoir piégé ce trou noir. Voilà une bien mauvaise habitude que prenait ce meuble. Il fallait le dompter, lui montrer qui était le maître, ici. Il fallait se faire respecter, mais Jean-Paul Paul Jean-Pierre ne connaissait rien à la psychologie des sofas. Il ne connaissait rien à la psychologie tout court. Ce domaine n'était pas très développé à Kitchike.

Pour ce genre de services, il fallait traverser la ligne, cette frontière invisible séparant la réserve de la municipalité avoisinante. Cette tranchée, Jean-Paul Paul Jean-Pierre l'avait longuement cherchée après l'avoir observée, tracée à l'encre rouge, sur la carte du ministère. Et si quelqu'un connaissait en long et en large les rues poussiéreuses du Old Town, c'était bien lui. Or, n'ayant jamais pu trouver lui-même cette ligne de feu, et après avoir été témoin d'une intervention d'arpentage en direct, il en avait conclu que de telles lignes n'étaient visibles qu'avec les télescopes spécialisés de ce corps de métier. Mais Jean-Paul Paul Jean-Pierre ne savait pas jouer de cet instrument.

Même s'il ignorait exactement où passait la ligne, Jean-Paul Paul Jean-Pierre, comme tous les habitants de Kitchike, la traversait parfois pour aller dépenser chez ses voisins blancs le peu d'argent qu'il pouvait gagner sur la réserve. Il gagnait peu et peu souvent, mais ce qu'il gagnait, il le dépensait, comme tous les habitants de Kitchike, chez ses voisins blancs. Avant, il aurait dit « en ville », comme le disaient tous les habitants de Kitchike. Mais Julie-Frédérique l'aurait sermonné. Elle lui avait enseigné que la ville, c'était autre chose, ce que semblaient ignorer les habitants de Kitchike qui n'avaient pas le privilège de fréquenter Julie-Frédérique.

Si seulement elle était là.

Si seulement elle était là, Julie-Frédérique aurait sûrement su comment se débarrasser de ce trou noir qui semblait soudain un peu plus dodu, un peu plus extravagant, un peu plus... un peu plus noir.

Mais Julie-Frédérique n'y était pas.

Elle s'était levée un peu plus tôt pour effectuer son tintamarre féminin habituel – il en était convaincu, aucune femme ne peut être discrète –, puis avait quitté le logis sans dire un mot, comme chaque matin depuis près d'une semaine, pour vaquer à des occupations dont elle ne partageait pas la nature. Jean-Paul Paul Jean-Pierre ignorait ce qu'il avait fait pour mériter ce traitement silencieux, mais – il en était convaincu – il valait mieux pour lui que ce trou noir disparaisse avant qu'elle ne revienne, s'il voulait être digne d'obtenir de nouveau son attention.

Jean-Paul Paul Jean-Pierre cherchait désespérément une solution à son problème. Tout en ayant un œil sur le trou noir pour ne pas oublier ce qu'il cherchait, Jean-Paul Paul Jean-Pierre explora tous les recoins de son esprit. Un sourire illumina son visage un instant, mais se fana aussitôt qu'il réalisa qu'il ne cherchait pas vraiment le trou noir qui se trouvait devant lui, mais bien une façon de le faire disparaître avant le retour de Julie-Frédérique. Ne trouvant aucune idée dans son esprit, Jean-Paul Paul Jean-Pierre décida de chercher dans son logis. Peut-être trouverait-il une idée dans les livres de Julie-Frédérique.

Puisque le problème était un trou noir, Jean-Paul Paul Jean-Pierre savait bien que la solution devait se trouver dans le plus lumineux et coloré des livres de Julie-Frédérique. Après quelques tours du salon, il se rendit compte que le livre le plus lumineux et coloré n'était même pas dans la bibliothèque de Julie-Frédérique, mais bien juste devant lui, aux côtés du trou noir, sur la petite table vitrée du salon qu'il ne fallait certainement pas confondre, selon Julie-Frédérique, avec un repose-pieds.

Jean-Paul Paul Jean-Pierre se pencha, se saisit du livre et vint pour s'asseoir sur son sofa, mais se souvint juste à temps que le siège était déjà occupé par le trou noir. Jean-Paul Paul Jean-Pierre s'assit donc par terre pour consulter le bouquin dont les pages colorées – blanches, jaunes, bleues et roses – renfermaient de nombreuses lettres et tout autant de nombres à sept chiffres, mais absolument rien en ce qui concernait les trous noirs. Tous ces numéros lui donnèrent cependant une idée. Et s'il appelait un spécialiste de la ville avoisinante – ou plutôt, l'un de ses voisins blancs – pour l'aider à régler le problème ? Il gagnait peu et peu souvent, mais ce qu'il gagnait, il le dépensait chez ses voisins blancs où l'on pouvait certainement trouver ce genre de services. Jean-Paul Paul Jean-Pierre hésita de nouveau. Fallait-il s'en remettre à la fourrière ou à un exterminateur ? Et d'ailleurs, quelle était la différence entre les deux ? Ne sachant quelle stratégie adopter, Jean-Paul Paul Jean-Pierre se dit qu'il valait mieux contacter un ami et lui demander son avis.

Jean-Paul Paul Jean-Pierre avait peu d'amis. Plus jeune, il en avait eu, bien sûr. Il avait une myriade de connaissances, plus de cousins et de parenté qu'il était capable d'en compter sur ses doigts de pieds et ses orteils de mains. Dans son petit univers tracé au couteau, tout le monde le connaissait et il connaissait tout le monde. Sa bonhomie y était légendaire et – il en était convaincu – tous l'appréciaient. Autrefois, quand il pratiquait, les gens de la réserve s'arrêtaient régulièrement à son atelier pour admirer son talent. Quelquefois, Jean-Paul Paul Jean-Pierre se demandait pourquoi plus personne ne passait le voir à l'établi, puis il se rappelait que lui-même n'y allait plus. Certains jours, Jean-Paul Paul Jean-Pierre se demandait pourquoi plus personne ne l'appelait, puis il se souvenait qu'il n'avait plus le téléphone. D'autres jours, Jean-Paul Paul Jean-Pierre se demandait pourquoi il n'avait plus le téléphone, puis les représentants lui rappelaient qu'il n'avait pas payé les factures qu'on lui avait envoyées, mois après mois, et qu'on lui avait finalement coupé le service. Parfois, Jean-Paul Paul Jean-Pierre se rappelait qu'il avait changé de compagnie téléphonique qui, bizarrement, lui envoyait aussi le même genre de factures, mois après mois. Et c'est normalement à ce moment qu'il se souvenait qu'il n'aimait pas les factures. Ce n'était pas une question d'argent, mais de gestion de comptes. Jean-Paul Paul Jean-Pierre détestait gérer quoi que ce soit, pas juste les comptes. Il détestait gérer le garde-manger, le ménage, les conflits, les enfants.

Par moments, Jean-Paul Paul-Jean Pierre se demandait pourquoi il ne voyait plus ses enfants. Pourquoi ils ne venaient pas le visiter plus souvent. Il en avait eu quatre ou cinq, qui avaient migré au gré des saisons, dormant chez lui et chez son ex et chez sa mère et chez son frère et chez sa cousine. Puis, ils avaient simplement cessé leurs migrations pour s'installer définitivement quelque part. Quelque part, mais pas chez lui. Jean-Paul Paul Jean-Pierre trouvait la vie plus simple ainsi. Ça lui évitait de gérer un tas de choses liées aux enfants : les conflits entre les enfants et Julie-Frédérique à propos du ménage, les conflits entre les enfants et Julie-Frédérique à propos de l'accès à la télévision ou à l'ordinateur, les conflits entre les enfants et Julie-Frédérique à propos de la politesse et du rouspétage et des bonnes manières à table et de l'heure de rentrée. Et comme il n'y avait que deux clés incluses avec la nouvelle serrure que Julie-Frédérique lui avait demandé d'installer avant que les enfants cessent leurs migrations, Jean-Paul Paul Jean-Pierre s'était dit que c'était là le signe implacable d'une volonté divine. Il en était convaincu : le destin en avait décidé ainsi.

N'empêche, en ce moment précis, Jean-Paul Paul Jean-Pierre aurait bien aimé avoir l'aide de ses rejetons. Avec leur imagination d'enfants, ils auraient sûrement pu aider à résoudre son vilain problème de trou noir. Mais où étaient ses enfants ? Sûrement chez sa mère ou sa sœur ou son frère ou chez l'un de ses nombreux cousins ou autre membre de sa parenté éloignée dont il se souviendrait probablement du nom si jamais il le croisait, cocarde au cou, dans un congrès. Mais Jean-Paul Paul Jean-Pierre n'allait jamais dans les congrès. Par contre, il aimait bien le mot « cocarde ». Jean-Paul Paul Jean-Pierre prit l'appareil téléphonique. Bien avant de se rendre compte qu'il ignorait à qui il téléphonait, il réalisa qu'il n'y avait aucune tonalité. Il était pourtant sûr que Julie-Frédérique avait finalement trouvé une compagnie qui acceptait de leur fournir le service. Visiblement, il avait encore oublié une facture.

Tout à coup, un bruit, telle une lanière de babiche détrempée fouettant l'air, le ramena au salon et Jean-Paul Paul Jean-Pierre constata qu'il n'était plus le seul à avoir des enfants. Oh non ! Non, non, non et non ! Le trou noir, ou plutôt – ça devenait clair, maintenant – *la* trou noir venait de livrer une portée. Une portée d'innombrables petits trous noirs qui flottaient çà et là dans son logis comme autant de problèmes à gérer. Et tous ces problèmes pullulaient et virevoltaient dans les airs et s'immisçaient dans les différentes pièces de son logis pour se nicher un peu trop facilement sur la porte du réfrigérateur et dans la cuvette de toilette et sur les parois de la douche et...

Oh non ! Pas sur le clavier de l'ordinateur !

Si le trou noir en profitait pour fureter sur un site de petites Japonaises à la poitrine généreuse, Julie-Frédérique le saurait instantanément et elle changerait à nouveau le mot de passe et il n'aurait plus accès à Internet pour des mois.

Non, non, non et non !

Jean-Paul Paul Jean-Pierre se projeta devant l'ordinateur, bloquant la route au petit trou noir qui s'arrêta à quelques centimètres de son visage.

— Pas touche à l'ordi ! cria Jean-Paul Paul Jean-Pierre, imitant la posture de Julie-Frédérique quand elle le sermonnait.

— Ouste !

Mais le petit trou noir était plus vilain qu'il ne l'eût pensé ; vilain à s'en gonfler la panse pour ériger une multitude de petites aiguilles, aussi noires que sa paroi dodue de tout petit trou noir.

Jean-Paul Paul Jean-Pierre n'était pas du genre à avoir froid aux yeux, mais il sentit soudain un courant d'air glisser sous ses paupières pour dégringoler le long de son échine.

Le petit oursin ténébreux émit un cri strident, puis se mit à le darder.

Jean-Paul Paul Jean-Pierre l'esquiva difficilement, une fois, deux fois, puis bondit sous la table de cuisine pour reprendre son souffle. C'est alors qu'il vit un autre trou noir – plus volumineux que le petit oursin, mais moins dodu que la maman –, forcer la porte de la chambre à coucher.

— Non !

Jean-Paul Paul Jean-Pierre prit son courage à deux mains et sortit de sa cachette. Aussitôt, une pluie d'assiettes s'abattit sur lui. Quelques petits trous noirs avaient décidé de faire le ménage des armoires et de tout casser. Jean-Paul Paul Jean-Pierre courut vers la chambre pour y trouver le moyen trou noir blotti dans son lit, du côté où dort Julie-Frédérique, bien sûr. De nouveau, un bruit de babiche mouillée fouetta l'air, et Jean-Paul Paul Jean-Pierre constata avec horreur que ce moyen trou noir donnait naissance à une nouvelle portée. Il y avait maintenant des centaines, voire des milliers de trous noirs, qui bourdonnaient autour de lui et semaient la pagaille dans sa vie.

Oh non ! Non, non et re-non !

Qu'allait dire Julie-Frédérique, maintenant ? Il ne pourrait jamais gérer tant de conflits.

Pris de panique, Jean-Paul Paul Jean-Pierre se couvrit le visage d'une main et fracassa la porte d'entrée.

Un essaim de petits trous noirs à ses trousses, Jean-Paul Paul Jean-Pierre courut à toutes jambes et se réfugia dans l'établi. Voilà, il était en sécurité, ici. À l'abri des trous noirs et de leurs petits dards.

Jean-Paul Paul Jean-Pierre s'adossa contre la porte et ferma les yeux pour reprendre son souffle, mais se souvint qu'il était bien difficile de prendre ou de reprendre quoi que ce soit lorsqu'on ne voyait rien. Alors, il rouvrit les yeux, constata qu'il n'y voyait guère mieux, puis avança à tâtons pour s'asseoir sur le banc de travail qu'il avait déserté depuis belle lurette. Bien sûr, il ignorait totalement qui était cette célèbre « lurette » ou si effectivement elle était belle, très belle ou esthétiquement médiocre – il y avait de tout chez ses voisins blancs –, mais ce qu'il savait de tout son être, c'était qu'ici, sur son banc préféré d'entre tous les bancs, il était confortable. Il passa un long moment dans la pénombre à observer les outils posés çà et là, les éclisses de frêne et les moules à panier, les fûts de raquettes classés par grandeur sur les étagères.

Tout l'atelier était recouvert d'une épaisse couche de poussière. Depuis combien de temps n'était-il pas venu ici ? Une semaine ? Un mois ? Une année ? Après ses enfants et sa parenté et ses amis, dans son petit univers tracé au couteau, ce qu'avait le plus aimé Jean-Paul Paul Jean-Pierre était d'avoir travaillé de ses mains, ici, dans son établi, à reproduire les gestes centenaires de ses ancêtres.

Mais Jean-Paul Paul Jean-Pierre ne pratiquait plus. Comment cela s'était-il produit ? Il ne manquait de rien, ici. Il avait du temps, du talent. Et puis, il avait besoin d'argent pour pouvoir dépenser à la ville avoisinante. Pourquoi donc avoir abandonné sa vocation ?

Jean-Paul Paul Jean-Pierre se rappela qu'une vie d'artisan n'était pas compatible avec une vie de couple. Que la poussière était mauvaise pour sa santé, que l'artisanat n'était pas rentable et qu'il valait mieux se trouver un vrai métier. Il se souvint que l'odeur de la babiche restait collée à sa peau et enlevait à Julie-Frédérique tout appétit et toute libido. Et c'est à ce moment que Jean-Paul Paul Jean-Pierre se rappela qu'il avait tout simplement abdiqué, car il était plus facile de laisser tomber que de gérer les conséquences de ses propres choix.

La nausée submergea Jean-Paul Paul Jean-Pierre.

Il tenta de prendre une profonde inspiration, mais la poussière lui chatouilla la gorge et il se mit à tousser violemment. Il se leva, se dirigea vers l'étagère où étaient classés ses fûts de raquettes, étira le bras et saisit une bouteille de bière de sa cache. Il frotta le goulot poussiéreux avec la manche de son chandail, puis décapsula la bouteille en la frappant sur le coin du comptoir.

Jean-Paul Paul Jean-Pierre prit une longue gorgée, puis une seconde, puis une autre.

Manifestement, la bière bon marché ne vieillissait pas comme le bon vin. Jean-Paul Paul Jean-Pierre fracassa la bouteille vide contre le mur. Il étira le bras de nouveau, saisit une seconde bouteille, en nettoya le goulot, la frappa contre le comptoir et en cala le contenu. Après avoir répété le rituel à quelques reprises, Jean-Paul Paul Jean-Pierre se rappela tout à coup qu'il ne buvait plus depuis des années et qu'il en était mieux ainsi. Titubant, il se rassit, se demandant pourquoi il se trouvait seul dans le noir à ne rien faire. Sans trop réfléchir, il alluma donc la lumière, saisit un moule à panier, ses bacs et autres outillages, quelques éclisses de frêne, et se mit à la tâche.

Ses neuf doigts prirent vie d'eux-mêmes, leur mémoire musculaire faisant l'essentiel du travail. Les heures s'enchaînèrent et, quelques paniers plus tard, Jean-Paul Paul Jean-Pierre réalisa qu'il était heureux.

La nuit était tombée lorsque Julie-Frédérique entra en trombe dans l'établi avec toute la force de son courroux :

— Qu'est-ce tu fais icitte, grand insignifiant ? Y'a une colonie de trous noirs qui a envahi le logis pis toi tu perds ton temps à gosser ?

— Je sais pour les trous noirs, répondit Jean-Paul Paul Jean-Pierre. Tu peux t'en occuper, c'est ta spécialité. Moi, j'aime pas gérer ce genre de choses.

Julie-Frédérique claqua la porte derrière elle.

Au petit matin, lorsque Jean-Paul Paul Jean-Pierre, exténué, rentra finalement au logis, il remarqua que les trous noirs avaient disparu. Ensuite, Jean-Paul Paul Jean-Pierre remarqua que l'ordinateur de Julie-Frédérique et les vêtements et sous-vêtements de Julie-Frédérique et tous les livres de Julie-Frédérique avaient aussi disparu.

Jean-Paul Paul Jean-Pierre s'endormit dans son sofa nouvellement retrouvé, en feuilletant l'annuaire coloré, et ses rêves le furent tout autant.

AUGURES

Le vieux Roméo Cœur-Brisé affectionnait les boisés qui bordaient la réserve de Kitchike, particulièrement au printemps. Sur les pistes qui couraient en tous sens sous les sapins et les épinettes, les bouleaux et les érables, il pouvait presque croire qu'il était, comme en son jeune temps, de passage sur les terres de son père, en plein cœur du territoire des Ancêtres. Chacun de ses pas laissait échapper un léger bruit de succion. Le sol spongieux dégageait une odeur épicée de sapin. Par endroits, le givre parsemait toujours la forêt. La brise fraîche s'harmonisait avec la chaleur pénétrante des rayons obliques de l'après-midi, pour créer un juste équilibre. L'air était bon. Les craquements, l'odeur terreuse, le souffle du vent sur son visage, la sérénade des geais, des cardinaux et des mésanges, tout cela, c'était la vie, la vraie. Bien sûr, c'était une illusion : la réserve, de même que la ville, ne se situait qu'à quelques kilomètres. Mais comme son corps vieillissant ne lui permettait plus d'entreprendre les périples nomades d'antan, Roméo Cœur-Brisé se contentait des boisés. Il en appréciait chaque son, chaque fragrance, chaque paysage. Tout cela prenait pour lui l'aspect d'un cadeau, d'un baume apaisant son esprit accablé. À vrai dire, en cette journée, rien d'autre n'aurait pu alléger ses états d'âme.

Le vieux Roméo s'assit sur une souche pour contempler le ruisseau et son scintillement sous le soleil printanier.

L'endroit était paisible. Du haut de ses soixante-seize ans, Roméo pouvait témoigner qu'il n'en avait pas toujours été ainsi. Dans sa jeunesse désinvolte, Kitchike n'était qu'un petit hameau, guère plus qu'un campement. Puis, les maisons s'étaient multipliées presque aussi vite que les enfants et les chiens. Les rues de poussière avaient fait place aux corridors de bitume. Les sentiers de terre battue qui sillonnaient la communauté se butaient de plus en plus aux clôtures de bois. Roméo ne comprenait pas pourquoi ceux de sa race cadastraient l'espace qui leur était assigné ni comment leur cœur pouvait se contenter de quelques pieds carrés. D'année en année, l'espace villageois avait dévoré les bois, autrefois le milieu de vie de son peuple. Chose étrange, plus la forêt laissait place à l'espace urbain, moins ce qui restait des boisés semblait fréquenté. Les jeunes, hypnotisés par les lueurs de la ville, les avaient peu à peu désertés. Cela avait beau attrister le vieux, il se confortait en profitant amplement du calme et de la sérénité des lieux pour se recueillir. Et aujourd'hui, il n'aurait pas apprécié les curieux.

Oh ! Diane…

L'aîné laissa échapper un soupir qui se fondit en petit nuage. C'était assez pour l'émerveiller. Les rides de son visage s'illuminèrent.

Chanter. Il est temps de chanter.

Le vieil homme déposa son sac de toile beige et en délia les sangles. Il en sortit un petit tambour à main qui, contrairement aux siennes, était tout neuf. Il prit un moment pour l'observer, le toucher, le sentir. Il y frotta sa paume en formant de petits cercles concentriques, comme pour l'apprivoiser. Roméo Cœur-Brisé n'avait encore jamais utilisé ce tambour. Celui-ci lui avait été offert, quelques années plus tôt, par son petit-neveu, un musicien de grand talent qui avait hérité du nomadisme des Cœur-Brisé. Il faut dire que Roméo préférait les vieilles choses, les valeurs sûres, éprouvées par l'expérience et l'usure du temps. Mais ce matin, avant de partir, c'est ce tambour qui l'avait interpellé et, comme son instinct le trahissait rarement, l'homme avait décidé de lui donner sa chance. Le vieux fouilla dans la blague qu'il gardait nouée au cou et en sortit une pincée de tabac. Il déposa l'offrande sur le tambour en murmurant les prières d'usage. Puis, il empoigna la baguette de ses doigts usés et le frappa d'un rythme lent pour faire chanter la peau tendue.

Diane, quand tu étais toute petite, ce chant était le tien.

Tu te rappelles, n'est-ce pas ?

Roméo chanta. Il chanta, et chacune des notes, des syllabes et chacun des mots qui s'extirpaient de ses lèvres se joignirent au chant de la Création, telle la fumée de tabac portant les prières. Roméo psalmodia ce chant qu'il avait chanté si souvent pour réconforter Diane dans leur tendre jeunesse. Roméo chanta et, dans le bleu immaculé du ciel, un lourd grondement se fit entendre, un roulement de tonnerre digne d'une puissante tempête. Les sous-bois s'agitèrent. Les lièvres, les perdrix et les écureuils prirent peur. Malgré l'absence de bourrasques, tout se bousculait.

Roméo se tut. Il déposa le tambour, puis leva la tête.

Rien.

Absolument aucun nuage n'obscurcissait le ciel. Rien ne semblait annoncer de rafales, d'averses ou d'orages. Bien au contraire. Même les murmures de la brise s'étaient tus.

Oh ! Diane, tu te rappelles ?

Roméo ferma les paupières pour mieux voir.

Un trou béant se dessina dans le ciel et déchira le toit du monde. Et du plus haut des cieux se détacha une pointe de feu, une étoile filante qui disparut sous la cime des arbres à l'horizon.

Diane, comme c'est magnifique ! Comme j'aimerais te serrer dans mes bras en ce moment.

La brise revint lentement chatouiller la nuque du vieux Cœur-Brisé. La curiosité lui fit plier le visage et il rouvrit les yeux.

Tu crois que je peux le retrouver ?

Devant lui, près du ruisseau, se tenait un homme. Un vieil ami, aussi âgé que lui. L'expérience et l'usure du temps les avaient contrariés, séparés. La Croix et le Cercle faisaient rarement bon ménage, ils pouvaient tous deux en témoigner, mais c'était plutôt le cœur d'une femme qui les avait éloignés. Mais aujourd'hui, l'homme était là, ici, comme Roméo l'avait vu en rêve. Il était là, ici, toujours le même. Il avait troqué la soutane et le col romain pour une veste carreautée et une casquette. Son dos avait courbé sous le poids des ans, et les rides avaient taillé leur chemin sur son faciès allongé par l'amertume. Mais il s'agissait bien de lui, Albin Pinault, l'ancien missionnaire de Kitchike.

Roméo rangea son tambour et échappa une maladresse :

— La messe anniversaire est terminée ?

Le prêtre ne répondit pas tout de suite. Il baissa les yeux pour scruter les alentours, repéra une roche protubérante et prit le temps de s'y asseoir. Tout en observant le ruisseau, il avoua :

— Je ne pourrais le savoir. Je n'ai pas eu la force d'y aller.

La voix de l'homme était étouffée par la peine. Il retenait visiblement ses larmes, tout comme ses mots.

Roméo n'insista pas. Le silence était d'or, tant pour l'homme du Cercle que pour l'homme de la Croix. C'était une valeur sûre, éprouvée par l'expérience et l'usure du temps. Alors, ils se contentèrent tous deux de fixer le même ruisseau qui crevassait la glace, de partager côte à côte le même paysage de renouveau. Ils restèrent là, ici, un long moment qui prit racine.

Combien de temps s'était écoulé depuis leur dernière conversation ? Quel âge avait Roméo la dernière fois qu'il avait adressé la parole à Pinault ? Soixante, soixante-deux ans ? Roméo détestait compter ainsi les années. Il considérait la coutume trop linéaire, trop grégorienne. Après tout, l'homme se développait à son rythme, selon une impulsion qui lui était propre et au gré des expériences qui le forgeaient. À quoi pouvait bien servir une telle mesure ? Il n'avait jamais compris cette coutume importée d'Europe. Elle était viciée, faussée, insignifiante. Roméo avait toujours cru que le nombre d'années qu'il vous reste à vivre s'avérait plus pertinent que celles laissées derrière. Après tout, ne disait-on pas que le temps s'écoule du sablier et non qu'il s'y additionne ? Mais comme personne ne pouvait prédire la durée de son passage sur terre, Roméo préférait ignorer les chandelles et les anniversaires. Il avait été enfant, il avait été homme et, désormais, il était vieux, juste vieux. Âgé et terriblement seul, à jongler avec des souvenirs et des regrets.

Sans détourner son visage du cours d'eau, Roméo toisa Albin du coin de l'œil.

Le présent, vieux fou. Seul le présent importe maintenant.

Mais quels mots oseraient s'aventurer dans une clairière qui n'a connu que silence ? Des mots de tendresse et de fraternité ? Ou des mots de guerre et de désolation ?

Ignorant quel sentiment s'extirperait de sa bouche, Roméo décida de se taire. Il fit le vide en expulsant une à une ses angoisses sous la forme de petits nuages de vapeur, puis profita de chacune des bouffées d'air printanier qu'il pouvait savourer.

Lentement, le soleil disparut sous la cime des arbres et tissa des ombres qui se couchèrent sur les deux hommes. Mais les vieux amis possédaient déjà leur part d'ombre et ne souhaitaient pas s'y perdre. La discrétion du soleil couchant finit par délier la langue du curé :

— Si seulement… si seulement l'enquête n'avait pas été jugulée. Si la justice avait pu suivre son cours, tu crois que nous serions quand même ici, cinq ans plus tard ?

— Oh ! Albin, allons ! Tu as passé les cinquante dernières années chez nous. Tu es pratiquement l'un des nôtres. Ne sais-tu pas que la justice est un rêve trop lourd à porter à Kitchike ? C'est trop demander.

— Et la vérité, alors ? murmura Pinault, d'une voix traversée de sanglots. Au moins la vérité. Pour elle, pour Diane. N'avons-nous pas assez souffert de cette mascarade ?

— La vérité serait bien, affirma Cœur-Brisé, sincère. Mais comme la justice, elle est difficile à trouver à Kitchike.

— Alors, il ne nous reste que la prière ? La prière et la foi ?

Roméo retint un élan.

Il voulait répondre que la foi, c'était bon pour les chrétiens, qu'il n'en avait pas besoin puisqu'il avait la vie, le rêve, le Cercle. Mais le poids du deuil était déjà assez lourd à porter pour Pinault. Et puis, la noirceur gagnait les bois.

Il était temps de partir. Il se leva.

— Suis-moi. J'ai quelque chose à te montrer.

Roméo se fondit dans la forêt. Étonné, mais intrigué, le prêtre se leva et emboîta le pas. Les deux hommes se faufilèrent dans la nuit naissante. Cœur-Brisé dirigeait la marche d'un pas aussi rapide que le lui permettaient ses jambes vieillissantes. Albin le suivait de près, même s'il peinait à soutenir la cadence. À l'occasion, Roméo s'arrêtait pour humer l'air et écouter les bruits de la nuit en quête d'une direction, ce qui permettait au curé de reprendre son souffle. Albin ignorait où ils allaient, et pourquoi son ancien ami le poussait ainsi au plus profond de la forêt, au plus profond des ténèbres. Mais, aujourd'hui encore, il avait foi en Roméo, malgré la distance et les années de silence. Ces années qui s'additionnent et qui pèsent, comme autant de chandelles à l'anniversaire d'un drame. Il se demandait si partager le deuil avec l'aîné des Cœur-Brisé en atténuerait la douleur. Ou si cela ne ferait que raviver sa perte. Si cette amitié ternie pouvait être renouée. Si c'était ce que Diane aurait voulu. Qu'importe la réponse, cela ne changerait rien au fait qu'il avait la foi, car seule sa foi le maintenait en vie. Alors il courut. Il courut à toutes jambes pour suivre son ami, sans parvenir à combler l'écart.

Roméo semblait avoir gardé sa forme d'antan. Il courait et courait sans se fatiguer. Albin crut un instant qu'il allait le perdre dans les ténèbres de la forêt. Puis, l'homme-médecine s'arrêta au haut d'une colline, loin devant, où la lune semblait briller de mille feux.

Non, pas la lune. Quelque chose d'autre. Un astre différent. Une lumière chaleureuse qui, du haut de la butte, se faufilait entre les arbres et tirait des ombres dans toutes les directions. Accroupi et haletant, Albin ne pouvait s'empêcher de fixer cette lumière. Vive, mais si douce. L'étoile le pénétrait de toute sa luminosité et une profonde sérénité emplit le prêtre jusqu'au creux des os. Albin se redressa, puis avança d'un pas flottant, solennel, comme si la douleur de ses membres avait été emportée par cette lumière divine. Et lorsqu'il rejoignit finalement l'homme-médecine, il tomba à genoux, lia ses mains sous son menton et se mit à prier.

— C'est magnifique, n'est-ce pas ? demanda Roméo, avec un sourire béat.

— Mais... qu'est-ce que c'est ? Un ange ?

— Ça vient du Monde-Ciel. Je l'ai vu tomber plus tôt.

Le vieux curé fixait la lumière comme s'il espérait que ce soit la sienne. Il implora :

— Diane...

— Je ne pense pas, mais c'est sûrement un message, opina Roméo, souriant.

Pas à pas, l'homme-médecine s'approcha de la source de lumière qui flottait légèrement dans les airs. Albin l'observa, hésita, puis décida de se relever et de le rejoindre, près, tout près, de la source lumineuse. La lumière était intense, mais ne l'aveuglait pas. Albin sentit sa douce chaleur l'empreindre, le bercer, tel un enfant contre la poitrine de sa mère.

C'était... un véritable petit soleil.

— Comment as-tu su ? demanda Albin.

— J'y ai rêvé. Pas toi ?

Un bref instant, le sourire du vieil Autochtone se fit narquois, mais ses yeux restèrent taquins.

— Méo, tu sais que ce monde m'est étranger. Qu'est-ce que c'est ?

— L'espoir. Nous n'obtiendrons peut-être jamais justice ni vérité, mais nous pouvons avoir l'espoir.

— Elle nous envoie un message ?

Cœur-Brisé acquiesça d'un signe de tête.

— Un cadeau. Un moment à partager, juste entre nous deux.

— Ce qu'elle n'a pas réussi à faire de son vivant, murmura Albin.

Roméo tendit la main et lentement, un doigt à la fois, la referma contre la petite source lumineuse, qui s'éteignit sur-le-champ. Dans sa paume palpitait une lueur discrète, une perle translucide, attachée à une tresse de foin d'odeur. Une amulette. Le vieux Roméo se retourna et avança, pataud, vers le prêtre, lui ouvrit les bras, puis l'étreignit affectueusement. Les deux vieillards demeurèrent là, ici, seuls dans les bois, à pleurer sous une lune discrète. Et qu'importe qu'aux yeux du prêtre il s'agisse d'un ange ou d'un signe de Dieu. Pour Roméo Cœur-Brisé, c'était une lumière. À l'image de sa petite sœur Diane, c'était une lumière au cœur de la nuit.

Et c'était assez pour lui.

POW-WOW

Jakob Paul passa une douzaine de minutes à observer les portraits du chef Saint-Ours qui ornaient les murs du hall du Conseil de bande avant que la muse de toutes ces ambitions artistiques expulse de son bureau le visiteur précédent. Dès que le chef aperçut Jakob, un sourire s'embourba dans son visage. D'un brusque mouvement de la patte gauche, il l'invita à entrer dans sa tanière.

— Pour le démarrage et l'entretien de la piscine, t'es toujours intéressé ? demanda le chef.

— Ben sûr, répondit Jakob. Même tarif que l'an passé ?

Le chef hésita, grimaça un instant, puis acquiesça d'un signe de tête.

— Je t'avertis tout de suite : cette année, t'attends pas à la fête nationale pour me starter ça. J'ai des invités importants qui doivent passer le 21 juin. Faque tu joues pas au Tooktoo avec moi. On se comprend ?

S'il connaissait la haine que pouvait porter le chef actuel à la famille Tooktoo, c'était la première fois que Jakob entendait l'expression. Pour lui, elle n'avait pas plus de sens que les guerres intestines qui sévissaient depuis la nuit des temps à Kitchike. Jakob n'aimait pas la dérive partisane que prenait la conversation, alors il voulut se lever et quitter le bureau avant que ne commence l'interminable harangue du chef, mais, sans le consulter, sa langue s'était déjà déliée :

— Bah ! faut pas généraliser, chef Saint-Ours. La petite Sophie qui travaille au Gaz Bar est pas si mal...

Le chef posa sa grosse patte sur l'épaule de Jakob, l'immobilisant sur son siège. Les yeux de Saint-Ours devinrent des abysses et sa gueule se fit béante :

— Il y a longtemps...

***

Il y a longtemps, à la réserve indienne de Kitchike, dans la province de Québec, avaient lieu de grandes fêtes folkloriques. À l'époque, on appelait ça des pow-wow, mais en fait, c'étaient plutôt des compétitions sportives costumées. Tous les braves des réserves avoisinantes, tous les valeureux guerriers de Bersimis, Pointe-Bleue, Village-Huron et Caughnawaga accouraient chaque année pour participer au Grand Pow-Wow Chavon de Kitchike. Les hommes les plus rapides, les plus forts et les plus habiles prenaient part aux plus prestigieuses compétitions indiennes de la province : tir au renard, tressage de raquettes, course en canot et, bien sûr, séduction des jeunes emplumées. Faut dire que nos filles étaient absolument magnifiques. Je sais pas s'il y a un lien, mais au zénith des années hippies, les petites robes à franges de cuir, les plumes Yum Yum, pis les fausses tresses noires de Pocahontas brochées à la nuque, ça avait la cote. La couleur tan, pis les frangettes en guise de cache-sexe, c'était in. Fallait se conformer aux stéréotypes dans lesquels les Blancs nous avaient enfermés pour attirer les touristes pis mettre du pain pis du beurre sur la table. Mais pour être franc, en ce qui touche l'accoutrement des demoiselles, les braves se plaignaient pas du spectacle. C'était kitch, mais c'était du *sexy* kitch. Et les filles de la réserve, les magnifiques filles de la réserve, demandaient rien de mieux que de venir se pavaner, s'exciter et s'époumoner devant les braves assemblés.

Mais à Kitchike, il y avait un homme devant qui les jeunes femmes s'émoustillaient pas. Un homme qu'elles regardaient, qu'elles remarquaient jamais : Noé, la grande échalote à la vessie difficile.

La légende raconte qu'il ne pouvait pas passer trente minutes sans se vider le tuyau. Qu'il ne buvait jamais plus d'un grand verre d'eau par jour – en été –, à peine assez pour éviter de s'assécher sous le soleil poussiéreux de la réserve. Il mangeait guère non plus, à vrai dire. Il avait pas plus d'appétit que de sex-appeal. C'est pas qu'il était particulièrement laid, le grand Noé. C'est plutôt que sa vertigineuse verticalité semblait surgir de ses chaussettes pour atteindre des sommets insoupçonnés, tout en ne manifestant absolument aucune masse musculaire. Le genre d'homme à qui les enfants tirent des roches quand il regarde ailleurs. Le genre de victime toute faite pour l'humour désobligeant du gros chef Tooktoo.

N'empêche, cet été-là, Noé avait décidé de prendre sa revanche. Pour une fois, il fermerait le clapet au gros chef Tooktoo. Les filles de la réserve – les magnifiques filles de la réserve, avec leurs fausses tresses, leur vraie plume, pis leurs p'tits seins strappés dans le cuir – allaient le regarder, l'admirer, le désirer. Noé participerait à la plus prestigieuse, la plus impressionnante des compétitions d'hommes forts : la course de portage. Pis là, j'parle pas du tronçon terrestre de la course en canot. J'parle pas non plus du concours où les gens devaient soulever une poche de sable strappée à leur front. Non, je fais référence à la catégorie interdite des sports extrêmes de fond de réserve, la grande rencontre des disciplines préalablement citées : la course de portage. Bandoulière au front, poche de sable sur le dos, deux cents pieds s'étalant de la ligne de départ à la ligne d'arrivée, un seul vainqueur. Parce qu'une deuxième place, c'est un prix de consolation où tu te consoles tout seul. Il peut pas y avoir deux Geronimo.

Alors, comme tous les braves assemblés, Noé s'échauffa, s'étira, fit peser sa poche de sable et, avant de s'aligner sur la ligne de départ, il disparut aux toilettes. Personne fut surpris : vessie difficile. Les braves s'impatientèrent un brin, le public lui fit sentir son agacement quand il revint, mais Noé s'était finalement aligné avec tous les autres quand détona le coup du départ. Deux cents livres sur le dos, bandoulière au front, les braves coururent et coururent sur la rue de terre, tout le long des deux cents pieds réglementaires. Contre toute attente, la grande échalote coupa dans le vent comme si ses jambes subissaient pas la pression de sa poche. Noé courut et courut. Et il gagna ! Noé, la grande échalote à la vessie difficile, remporta l'étape des qualifications ! Le public était estomaqué. Timidement, puis de façon plus soutenue, les applaudissements des spectateurs médusés retentirent dans l'auditoire.

Puis vint le temps des demi-finales. Comme tous les braves assemblés, ceux de Bersimis, Pointe-Bleue, Village-Huron et Caughnawaga, Noé s'échauffa, s'étira, fit peser sa poche de sable et, avant de s'aligner sur la ligne de départ, il disparut une fois de plus aux toilettes. Vessie difficile. À son retour, une tout autre réaction l'attendait. Les filles de la réserve – les magnifiques filles de la réserve, avec leurs fausses tresses, leur vraie plume, pis leurs p'tits seins strappés dans le cuir – se mirent à l'acclamer. Pour la première fois de sa vie, la grande échalote eut droit à l'acclamation de la foule et aux cris de guerre des jeunesses sexy kitch :

— Noé ! Noé ! Noé ! Bouwouwouwou ! Noé ! Noé ! Noé ! Bouwouwouwou ! clamaient-elles, tout en se frappant les doigts contre leurs lèvres en cul-de-poule.

Le gros chef Tooktoo tira à blanc et les hommes prirent leurs jambes à leur cou, la poche à leur front, pis la sueur à leur craque de fesses. Quatre cents livres de sable sur une échine chaussée de mocassins à semelles sur une voie de terre battue s'échelonnant sur deux cents pieds pour une échalote de fond de réserve. Rien de moins. Les compétiteurs s'écrasaient derrière alors que Noé franchissait victorieux la ligne d'arrivée. La foule se leva, en délire. Quelques jeunesses se déstrappèrent même la paire comme s'il s'agissait d'un show de métal avant l'heure. Pour la première fois depuis l'invention de la discipline, un homme de la place allait en finale ! Même le gros chef n'eut d'autre choix que de souligner cette victoire comme un nouveau tournant dans l'histoire du Grand Pow-Wow Chavon de Kitchike. Noé était pas de sa famille ni de sa gang ni même de son bord, mais c'était un membre de sa bande et le gros chef n'allait pas se gêner pour prendre un peu de crédit. Où il y a de la gêne, il n'y a pas de plaisir. C'est pas Tooktoo qui avait inventé le dicton, mais il était tellement effronté qu'il aurait pu nous l'affirmer sans même sourire.

Au moment des finales, la folie s'installa dans les gradins qui jonchaient les deux cents pieds. Le bouche-à-oreille avait fait son œuvre comme seuls les Kitchikeronon savent le faire. La place s'était remplie en quelques minutes. La communauté tout entière était venue acclamer son nouveau héros. Tooktoo s'enflamma dans de grands discours, soulignant la force, l'agilité, le courage et la persévérance de la nouvelle coqueluche du tout Kitchike. Il confia à la foule qu'il avait toujours eu une grande admiration pour le jeune Noé, qu'il l'avait toujours soutenu dans l'ombre, loin du regard méprisant de ses pairs. Noé, c'était plus qu'un congénère, plus qu'un modèle, c'était son frère, la source de son inspiration !

— Noé ! Noé ! Noé ! Bouwouwouwou ! Noé ! Noé ! Noé ! Bouwouwouwou !

Comme tous les braves assemblés, ceux de Bersimis, Pointe-Bleue, Village-Huron et Caughnawaga, Noé se prépara pour la grande finale. Il s'échauffa, s'étira, fit peser les six cent cinquante livres de sa poche de sable puis, une fois de plus, il disparut aux toilettes.

— Noé ! Noé ! Noé ! Bouwouwouwou ! Noé ! Noé ! Noé ! Bouwouwouwou !

Noé se plaça sur la ligne de départ, aux côtés des autres braves assemblés, et se concentra sur les deux cents pieds qu'il avait à franchir. Le gros chef exigea le silence, puis le coup de départ retentit. Les guerriers allongèrent leurs jambes dans un élan décisif, mais Noé était déjà loin devant eux.

— Noé! Noé! Noé! Bouwouwouwou! Noé! Noé! Noé! Bouwouwouwou!

Noé courut et courut et se mit à accélérer comme si le poids sur son dos se faisait de plus en plus léger. Noé courait et courait et riait.

— Noé! Noé! Noé! Bouwouwwwwoooooouu wwwwoooooouu!

Les cris de guerre des jeunesses sexy kitch se firent mollassons, pour finalement s'éteindre dans la plus grande stupeur. Noé courut, courut et courut. Et de sa poche déchirée se déversaient du foin, des feuilles, de la paille... Tout, absolument tout, sauf du sable!

Noé, la grande échalote à la vessie difficile, avait osé. Il avait triché. Il avait fait un pied de nez public à la grande foire costumée, aux jeunesses sexy kitch qui n'avaient jamais daigné le regarder et, plus que tout, au gros chef Tooktoo qui, humilié, s'était éclipsé. Et les filles de la réserve et les braves assemblés et la foule de Kitchike et des réserves avoisinantes et les touristes canayens en quête d'exotisme se mirent tous à courir et à courir après Noé, qui s'enfuit en riant.

Ce n'est que le lendemain qu'on retrouva la poche de sable, la vraie, dans l'une des bécosses.

Pis c'est cette année-là que le pow-wow de Kitchike perdit sa commandite des petits gâteaux Chavon.

***

— J'vois pas où vous voulez en venir avec votre histoire, chef Saint-Ours. Y'a une morale à en tirer ?

— La grande échalote de Noé, c'était mon oncle. Il a été le premier à couvrir de honte le gros chef Tooktoo. Le premier à le défier publiquement. Certains lui en ont voulu, parce qu'après, ç'a pas été facile pour nous. Pas de jobs, pas de terrains, pas de rien. Des parias. Mais moi, j'voyais plus loin. C'était une première brèche dans l'hégémonie tyrannique du clan Tooktoo. C'est là que j'ai compris qu'il pouvait tomber, que c'était possible. Ça me prendrait le temps qui faudrait, des décennies, mais il allait tomber. J'allais nous libérer du joug de fer des Tooktoo, comme mon père avant moi.

Jakob ne commenta pas.

Personne n'aimait mettre le chef de mauvaise humeur. Peut-être que ça datait du temps du chef Tooktoo. Ou de celui de James Saint-Ours, le père du chef actuel. Probablement de plus loin encore, de l'époque des agents des Sauvages, ces vice-rois couronnés par la loi pour venir dompter les Indiens. Jakob n'aimait ni les sermons, ni les postillons, ni les grands fanfarons. Mais les petits contrats que lui offrait Jack Saint-Ours l'arrangeaient bien financièrement. Pas de trucs croches : de l'entretien paysager, du déneigement, de menus travaux. Alors, quant à mal doser une réponse et s'attirer des ennuis, il préféra se taire. Ce qui n'était pas chose facile, car le chef avait ce pouvoir magique, ce don chamanique de transformer ses paroles en doigt invisible qui te picosse l'estomac jusqu'à t'en faire vomir tes émotions.

— Tu dis rien ? Dis-moi pas que t'es un de ces naïfs aveugles qui croient encore que le régime de terreur du gros Tooktoo apportait quoi que ce soit de bon à notre grande Première Nation ?

— J'en pense que c'est toi le chef asteure, Jack. Pis que t'as la chance de pouvoir faire mieux que lui. De la manière que t'en parles, ça devrait pas être trop difficile. Pis dans l'immédiat, vu qu'on s'est entendus pour l'entretien de ta piscine, j'vais aller finir mon autre jobine pour pas prendre de retard.

Jakob but sa dernière goutte de café, déposa lourdement sa tasse sur le bureau du chef, puis, avant de franchir la porte, salua Saint-Ours d'un signe de tête. Pas de cérémonial, pas d'artifice. Un simple respect, d'homme à homme.

Seul dans son bureau, le chef lâcha un soupir.

J'vais t'avoir à l'œil, p'tit vaurien. J'vais t'avoir à l'œil...

PENDANT CE TEMPS, DANS LA VILLE AVOISINANTE

Pendant ce temps, dans la ville avoisinante, Monsieur Dents entra chez Monsieur Viande où il fut étonné d'apercevoir une longue file s'allongeant devant le petit comptoir du commerce. Il remarqua le teint généralement basané de la foule, en déduit qu'il s'agissait d'Indiens de la réserve, puis crut reconnaître plusieurs de ses clients sans pouvoir les identifier par leur nom. Personne n'arrivait vraiment à distinguer les Indiens entre eux. Malgré la variété appréciable de leur teinte de peau et de leur coloration capillaire, ils étaient plus ou moins tous du même acabit, à l'exception de quelques squaws qui se démarquaient du lot par leur gracilité et la finesse de leurs traits. Ces quelques perles, dont la beauté se mesurait presque à celles des Canayennes, étaient rarissimes. Après vérification, Monsieur Dents conclut qu'il n'y en avait pas parmi la faune qui avait envahi la boucherie ce matin. Heureusement, Monsieur Dents n'était pas le seul Blanc dans la place.

— Les affaires vont bien, confia-t-il à Monsieur Yeux, qui patientait devant lui. Cohue inhabituelle pour un mercredi matin.

— Une fête sur la réserve, les préparatifs sont en cours, répondit Monsieur de la Classe, qui se tenait devant Monsieur Yeux.

— Monsieur de la Classe, vous avez pris congé de l'enseignement privé, paraît-il ? La retraite vous sied bien.

— Trop aimable, Monsieur Dents, mais je préférerais éviter de fréquenter certains de mes anciens élèves, si vous voyez ce que je veux dire. J'eusse espéré que le mercredi matin eût été un moment plus civilisé pour faire mes emplettes.

— Oh ! vous connaissez ces gens aussi bien que moi, rétorqua Monsieur Yeux. Ils font leurs emplettes en tout temps. Ce sont des gens de peu d'occupations, sinon la levée du coude, dit-il en simulant de boire un petit coup.

Monsieur de la Classe et Monsieur Dents s'esclaffèrent gaiement à la suite du geste de Monsieur Yeux, si bien qu'une partie de la foule basanée tourna son attention sur eux.

— Chhhhut ! fit Monsieur Médocs, qui venait tout juste d'arriver derrière Monsieur Dents. Vous ne voudriez pas vous faire scalper en sortant d'ici !

Les messieurs s'esclaffèrent de nouveau, un peu plus vigoureusement, provoquant un silence momentané dans le petit commerce.

— Je suis sérieux, chuchota Monsieur Médocs, pensez à ce qui pourrait arriver à vos petits-enfants dans la cour d'école.

Cela fut assez pour semer le doute dans l'esprit des messieurs, qui reprirent leur posture et optèrent pour le silence.

Une trentaine de minutes plus tard, la place s'étant vidée, ce fut au tour des messieurs de se faire servir.

Monsieur Viande, visiblement de bonne humeur, simula une profonde déception en clamant haut et fort :

— Désolé, mais je n'ai plus aucun morceau de viande à vendre !

— Plus rien ? s'étonna Monsieur Dents.

— Même pas un os à soupe ! confirma Monsieur Viande.

— Mais c'est atroce ! s'indigna Monsieur Yeux. Ils ne nous ont rien laissé. Ils ont tout pris comme des Sauvages !

— Pourquoi ne vont-ils pas chasser, demanda Monsieur de la Classe, au lieu de prendre la nourriture élevée par nos fermiers ?

— Pff ! ils sont bien trop lâches ! rétorqua Monsieur Médocs.

— Des privilégiés !

— Des profiteurs !

— Ils paient tout ça avec nos impôts !

— Cessez ces sornettes, messieurs ! objecta Monsieur Viande. C'est disgracieux, à la fin.

Monsieur Viande se lissa les pointes de la moustache et attendit que ses congénères aient quelque peu repris leurs esprits.

— Je ne sais pas où ils trouvent leurs liasses, avoua-t-il, mais ils paient bien, n'attendent pas les spéciaux, et il n'y a sur la réserve aucun végétarien. Je ne pourrais pas tenir pignon sur rue sans leur patronage. Et si je ne m'abuse, vous non plus.

Les quatre messieurs hésitèrent un instant, se regardèrent les uns les autres, puis Monsieur Yeux s'exclama :

— Peu importe ! Ce sont des profiteurs ! Ils ne paient même pas l'école privée !

— Ce n'est pas tout à fait vrai, précisa Monsieur de la Classe. Les Affaires indiennes coupent depuis des décennies. Par contre, ils bénéficient toujours de services dentaires !

— Oh ! la belle époque où nous étions rémunérés à la dent arrachée pour mieux leur vendre des prothèses est révolue depuis des lustres, dit Monsieur Dents. Par contre, le gouvernement leur paie autant de lunettes qu'ils en brisent !

— Le financement des services et produits d'optométrie s'avère certainement plus complexe, enchaîna Monsieur Yeux. Mais ils ne déboursent pas un sou pour leurs médicaments !

— Oh ! vous seriez étonnés ! reprit Monsieur Médocs. Ottawa a sabré le budget depuis belle lurette. Désormais, nous ne pouvons plus leur refiler les médicaments les plus onéreux. Nous devons nous rabattre sur les génériques !

— Si je comprends bien, ajouta Monsieur Viande, ces profiteurs ne sont pas si privilégiés. Et, au bout du compte, c'est surtout vous qui profitez des largesses de Sa Majesté.

Avant que l'un ou l'autre des messieurs puisse rétorquer, la porte du commerce grinça et un tout petit Indien entra chez Monsieur Viande. Monsieur Dents, Monsieur Yeux et Monsieur Médocs reconnurent tout de suite le petit Waso qui était, comme l'ensemble de Kitchike, l'un de leurs clients. En fait, ce qu'ils reconnurent n'était pas tant le petit Waso que l'énorme cicatrice qui défigurait son visage, du menton à l'œil droit.

— Allez ouste, Waso ! dit Monsieur Dents. Il n'y a rien pour toi, ici.

— Maman dit qu'il faut la viande hachée pour les burgers à Waso, dit l'enfant, visiblement déçu.

— Les tiens ont tout pris et rien laissé. C'est votre faute, dit Monsieur de la Classe.

— Pas faute à la maman à Waso, dit le bambin. Elle pas venue chez Monsieur Viande.

— C'est vrai, ça. Pourquoi ta mère n'est-elle pas venue faire ses emplettes elle-même au lieu de boire ? questionna Monsieur Yeux en levant le coude.

— Maman boit pas, travaille fort au Gaz Bar, répondit Waso, fâché.

— Alors Waso devra aller chasser lui-même sa viande hachée, dit Monsieur Médocs. En tant que petit guerrier, tu devrais savoir manier un arc et une flèche !

Les yeux du petit Waso rougirent et se gonflèrent de larmes. Il se retourna, et avant de franchir la porte, lâcha tristement :

— Maman dit pu rien à chasser à Kitchike. Blancs tout rasé forêt pour élever bêtes steak haché.

CHEZ ALPHONSE

Midi moins cinq dans le Old Town. Une retouche d'eye-liner, un petit coup de blush à la sauvette et un pincement de lèvres pour parfaire le rouge : voilà, j'suis prête à recevoir les premiers clients dominicaux chez Alphonse Gaz Bar. J'm'installe le popotin sur le tabouret défraîchi derrière le comptoir, pis j'attends les déserteurs préeucharistiques. Les bergers du saint troupeau sonnent de façon hebdomadaire l'arrivée imminente des fervents du bel âge.

tant que l'herbe poussera

que la rivière coulera

après la messe, chez Alphonse

le croyant affluera

Comme si le missionnaire du haut de sa chaire le proclamait semaine après semaine. C'est pas le cas, j'le sais bien. Mais c'est comme si, pareil. J'm'en plains pas. C'est mon moment préféré de la semaine. Certainement mieux que mes anciens shifts de fermeture, où j'devais m'obstiner soir après soir avec les soûlons en quête d'une dernière bière qu'ils n'avaient pas les moyens de se payer. « M'en vas te remettre ça la semaine prochaine, Lydia », quand j'étais chanceuse. Quand j'l'étais moins, c'était plutôt :

« J'peux-tu te payer ça en nature, mam'selle Yaskawish ? », suivi d'un rire gras et vaseux.

Mah, j'préfère les p'tits messieurs pis les p'tites dames du pèlerinage dominical. Surtout quand j'travaille avec madame Paul.

— En direction de la pompe numéro 2, un camion couleur rubis à cabine double, probablement un F150-XLT. Flambant neuf. On reconnaît à l'intérieur... madame Gisèle Wabush !

Madame Paul, c'est l'aînée des employés. La rumeur veut qu'elle ait été embauchée par le fondateur du Gaz Bar, Alphonse le patriarche en personne. J'pense que c'était l'arrière-grand-père de Max, l'actuel proprio trop cute pour lequel tombe la moitié féminine du personnel. J'pas certaine, il est décédé avant que ma mère soit née. Alphonse, j'veux dire, pas Max. Bref, ça en dit long sur la longévité de madame Paul. De la loyauté de même, ça ne s'voit plus. Pis ce qui est le fun, avec elle, c'est qu'elle a toujours des anecdotes intéressantes sur tout le monde de la réserve. Comme si chaque client avait sa propre histoire, son propre univers à découvrir.

— Madame Wabush a accordé sa confiance à Ford pour son nouveau carrosse à quatre pattes. Toutes nos félicitations pour la nouvelle acquisition. On rappelle que son arrière-grand-père, Simon Wabush, a été le premier natif de Kitchike à avoir une voiture à soupapes. Une magnifique Tin Lizzie rouge, signée Henry Ford ! On voit tout de suite la force des traditions chez les Wabush.

Adossée à la fenêtre, madame Paul me présente son pouce pour confirmer que la game est commencée. On a développé ce petit jeu quand on travaille ensemble. Elle s'installe près de la fenêtre, puis commente l'arrivée de chaque client, un peu comme au tapis rouge des Oscars. Quand c'est tranquille, je joue la coanimatrice. Le temps passe plus vite avec elle.

— Oh ! madame Wabush a de la compétition ! Arrivant en semelles en ce beau dimanche ensoleillé, nul autre que Jean-Paul Paul Jean-Pierre ! Les cernes sur son visage et l'affaissement de ses épaules nous laissent soupçonner une nouvelle nuit blanche.

J'tends le cou vers la fenêtre pour l'examiner de mes propres yeux, puis j'riposte :

— L'odeur nous indiquera s'il est parti su'a brosse ou s'il a travaillé la babiche toute la nuit.

Les yeux de madame Paul s'illuminent derrière ses lunettes. Il n'y a rien qui lui fait plus plaisir que quand j'me mets de la partie. Elle saisit un suçon à deux piasses du comptoir à bonbon pis le porte à sa bouche comme si c'était un micro.

— À ceux qui seraient tentés de croire que son père a voulu lui faire une mauvaise blague avec un tel nom, on rappelle que ce dernier a porté le nom de Pierre-Paul Jean-Pierre et, surtout, que son père avant lui s'appelait Pierre-Jean Jean-Pierre. Et du même coup, on félicite Jean-Paul d'avoir brisé le cycle vicieux des prénoms douteux en attribuant des noms strictement païens à ses quatre enfants !

En l'absence de clients, on s'permet toutes deux un fou rire.

Madame Paul est particulièrement en forme ce matin. Pauvre Jean-Paul. J'me souviens, il y a quelque temps, les filles pis moi on a eu une conversation de fond sur son cas. Comme c'est l'un des seuls gars de la réserve à ne pas avoir de surnom, on s'était mis dans la tête de lui en trouver un. Geneviève Saint-Ours a proposé « l'homme aux trois prénoms », mais Sophie n'était pas d'accord. Vu que deux de ses noms sont composés et donc décomposables, elle a défendu que l'expression « l'homme aux cinq prénoms » serait plus exacte. Trois slushs et deux sacs d'ondulées plus tard, on s'est entendues sur « l'homme aux trois à cinq prénoms ». J'pense pas que le surnom ait collé. Pas surprenant, parce que quand on y pense, les surnoms ça sert d'une part à différencier, pis d'autre part à économiser notre salive.

J'ai à peine le temps de saluer Jean-Paul que ma collègue, du haut de son perchoir, a identifié un nouvel arrivage :

— Mesdames et messieurs, directement de l'église Saint-Gabriel-de-Kitchike, avec sa p'tite blouse carreautée et sa magnifique chapelure de feutre rouge rétro, littéralement tirée des années 40, madame Yvette Saint-Ours ! Elle est accompagnée de sa nièce Geneviève, avec qui je n'ai pas eu l'honneur de travailler depuis près de deux mois. D'ailleurs, on félicite Geneviève pour sa nouvelle robe d'allure classique, qu'elle n'aura pas souvent l'occasion de porter à Kitchike.

J'entends Jean-Paul se bidonner derrière les étalages de chips. Madame Paul ne s'donne même plus la peine d'être discrète devant les clients. Avec l'âge, ç'a l'air qu'on n'a plus ce genre de retenue. J'en profite pendant le temps que ça passe, parce que quand les déserteurs arrivent, le rush s'en vient.

— Vos bouteilles d'eau, vous les vendez en caisses ? demande madame Wabush.

Madame Paul lui répond que non. À part pour la bière, il n'y a pas de profits à faire en vendant des caisses. D'ailleurs, c'est bien la première fois que j'vois madame Wabush boire de l'eau.

— Pareil chez moi, déclare Jean-Paul, déposant lui aussi une bouteille d'eau sur le comptoir.

Madame Paul ne semble rien trouver d'anormal, parce qu'elle continue son show :

— Débarquant de sa Sunfire usagée de couleur rouille, madame Cœur-Brisé, ou comme dirait le chef, Jac-que-li-ne ! Heureusement pour nous, elle prend soin de laisser sa colonie de petits monstres dans le véhicule.

Elle semble déçue que j'ne réagisse pas à sa dernière annonce, mais j'veux comprendre c'est quoi le buzz des bouteilles d'eau.

— Un problème d'aqueduc, sûrement. L'eau est brunâtre et l'odeur est répugnante, dit madame Wabush.

— Faudra sûrement traverser la ligne rouge et aller en ville, continue Jean-Paul, le plus sérieusement du monde.

J'ne sais jamais s'il déconne ou s'il est convaincu d'avoir dit quelque chose d'intelligent.

Madame Yvette brise le malaise en se glissant jusqu'au comptoir. Elle n'exhibe pas sa joie de vivre habituelle. J'suis tentée de croire qu'elle a oublié son cou à la messe tellement elle a la tête rabattue entre les épaules. Elle me demande son paquet de clous de tombe mentholés hebdomadaire sans même me regarder, pis me tend son argent d'une main nerveuse, presque tremblotante. J'ai assez de savoir-vivre pour ne pas questionner une aînée, mais j'sonde Geneviève d'un signe de tête. Avant de sacrer son camp en coup de vent, Geneviève me murmure quelques mots que j'arrive à peine à lire sur ses lèvres.

— Catherine a disparu.

Catherine ? Catherine qui ?

C'est pas comme si c'était le nom le plus populaire sur la réserve, mais vite de même, j'peux en compter au moins cinq. J'ne suis pas capable de m'empêcher d'avoir un léger frisson. Les disparitions, c'est rarement une bonne affaire. Quand c'est un gars, ça veut normalement dire qu'il est parti flamber sa paye en ville pis qu'il a pris quelques caisses de trop. Tu sais qu'il va revenir. Mais quand c'est une fille...

J'chasse ça de mes pensées.

C'est pas le temps de se faire aller le hamster quand le dépanneur se met à se remplir de junkies en quête de smokes, de pétrole pis de nananes. Évidemment, chaque nouvelle arrivée continue d'être annoncée en grande pompe.

— Pierre Wabush a troqué ses habits de sport pour un petit costard noir dangereusement sexy. Son père l'était tout autant dans sa jeunesse torride... Madame Elizabeth Poker... Tiens, j'croyais qu'elle était repartie dans l'Nord, celle-là. Étonnée que madame ose s'abaisser à venir chez Alphonse !

J'fais de gros yeux à madame Paul. Elle me sourit comme une gamine qu'on réprimande. Max est patient avec elle plus qu'avec n'importe quel autre employé, au nom de la loyauté et de la longévité et tout, mais j'pas mal sûre qu'il ne serait pas content qu'on insulte les clients.

Pierre s'approche du comptoir.

Madame Paul a raison.

C'est vrai qu'il est sexy en complet. J'baisse les yeux pour éviter de rougir.

J'voudrais pas qu'il pense que j'suis intimidée, parce que ce n'est pas le cas.

Pierre Wabush pis moi, on a aussi notre jeu. Un autre genre de jeu. De jour, on est de simples connaissances, on s'envoie la main ou on s'ignore. Mais une fois de temps en temps, quand on s'ennuie le soir, pis qu'il n'y a personne d'autre dans notre vie, on s'tient compagnie. Mais on n'est pas la nuit, alors j'suis les règles et j'l'ignore.

— C'est quoi l'invasion de Frogs à salle communautaire ? qu'il lâche en m'ignorant tout autant. Avez-vous vu ça ?

— C'est la gang de pentecôtistes à Édouard, répond Jacqueline. Y'ont invité des chums québécois à leur rassemblement.

— Pff! plus du renfort dans leurs efforts de conversion, riposte Pierre. Watch ben ça, y vont venir faire du porte-à-porte sur la réserve asteure.

— Ben voyons, le jeune. Pas du genre à Édouard, ça, réplique Jacqueline, visiblement agacée. Moi, j'ai plus peur des nuées de moustiques qui ont envahi la place.

— Oui, ça c'est bizarre, dit Elizabeth. Il y a quelques jours, c'était les lièvres et les écureuils qui fuyaient les bois, pis aujourd'hui, les mouches ! J'croise mes doigts pour les outardes.

— Oh! les moustiques, c'est rien à côté des invasions de trous noirs! tranche Jean-Paul, dégustant nonchalamment ses chips BBQ.

On peut dire qu'il a le tour de finir une conversation.

Aussi bien de même, parce que les aînés s'mettent à affluer plus vite que madame Paul peut les annoncer. Pis moi, j'n'ai plus le temps de jouer. En quelques minutes, la place se remplit de p'tites dames heureuses d'être contentes. Faut sourire pis être patiente, mais ça ne m'demande pas trop d'efforts. Ça m'fait du bien. J'les trouve belles, mes p'tites dames. Elles ne sortent pas souvent. La ferveur dominicale ne leur apporte pas juste l'allégresse de la foi, mais leur quota de social de la semaine. Incidemment, ça leur permet aussi de se pavaner avec leur nouveau chapeau et de jacasser sur l'accoutrement des moins fortunés qui, disons-le, sont légion. Au-delà de leurs plis et de leurs mémérages, c'est du bon monde. J'espère me rendre là. À leur âge, j'veux dire, pas à la messe.

Alors que j'profite du bain de politesses et de petits sourires du troisième âge, j'vois madame Paul s'affoler à la fenêtre. J'y fais signe que j'ne peux pas quitter la caisse, mais rien à faire, elle continue de s'énerver en faisant de grands signes de croix.

La porte du Gaz Bar s'ouvre lentement, en grinçant, comme dans un saloon de western, pis la foule se tait dans une immobilité surréelle. L'immense soutane du curé Labelle pénètre dans la place en claquant des talons, comme un éléphant dans un magasin de porcelaine. Littéralement, si on confond l'étole avec une trompe. Pendant que son troisième menton roule sur son col romain, son visage de marbre se pose sur chacun des clients, les scrutant un à un de ses gros yeux. L'indice de gaieté de l'assemblée diminue d'un cran. Le curé n'est pas content, ça c'est certain. Pis quand le curé Labelle n'est pas content, t'as intérêt à en faire autant.

— Qui ? articulent ses petites lèvres effacées sous le poids de ses joues. Qui a osé ?

Personne ne dit mot. Personne ne bouge. Personne n'ose répondre, parce que ça ne serait pas approprié. Ou parce que, tout comme moi, personne ne sait de quoi il parle. Le silence s'allonge un moment, pis un autre. Et longtemps après qu'il soit devenu intenable, madame Paul se rappelle qu'elle est sur son shift :

— Monsieur Yvan Labelle, vétéran missionnaire du Congo et de Chine intérieure, curé de Saint-Gabriel-de-Kitchike ! Devant vous, les fidèles assemblés ne demandent rien de mieux que de satisfaire votre soif de connaissances. Si seulement vous pouviez expliciter la question pour qu'elle leur soit compréhensible...

Les aînés retiennent leur souffle. L'appréhension est palpable. Les dévots dévisagent madame Paul. Comment ose-t-elle s'adresser au puissant missionnaire sur ce ton ? Le curé Labelle n'est pas du genre tolérant. Il a su imposer la crainte de Dieu à Kitchike. Il est coriace, exigeant. Personne n'ose lever les yeux quand il fait son sermon. Personne ne rouspète ni ne critique. Huit mois à peine qu'il s'est installé au presbytère et déjà, son autorité est totale. Rien à voir avec le curé Pinault.

Depuis que l'ancien curé a pris sa retraite, les choses ne sont plus pareilles. Son départ a causé un trou béant dans la vie religieuse de la communauté. Faut dire que le curé Pinault a passé cinquante ans chez nous. Il a offert sa gamme complète de sacrements, du baptême à l'extrême-onction, à trois générations de Kitchikeronon. On le revoit à l'occasion, mais seulement lors de décès, pour payer ses derniers respects à sa communauté d'adoption. Toujours en civil : plus de soutane, plus d'étole, plus de col romain pour le curé Pinault. Ou plutôt, pour *monsieur* Pinault, j'devrais dire. Trouver un nouveau missionnaire, ça n'a pas été facile. Faut comprendre que les prêtres, c'est comme nous autres : une espèce en voie d'extinction. Malgré tout, en tant que mission, Kitchike jouit d'un avantage que les paroisses environnantes n'ont pas. L'archevêché ne veut pas perdre ses ouailles au profit des traditionalistes ou pire, des pentecôtistes. Faqu'il laisse plus de latitude au comité de la mission pour le choix du curé. Et ils sont exigeants, nos aînés. En cinq ans, il y a déjà eu quatre prêtres qui se sont succédé. Kitchike voulait un nouveau Pinault, pis ça l'a pris des années à la mission pour réaliser que si la personne occupant cette fonction n'était pas si dure à remplacer, l'homme qu'était le curé Pinault était irremplaçable. Madame Paul dit que les membres du comité auraient dû le réaliser avant, parce que l'archevêché leur a finalement envoyé le plus zélé des prêtres disponibles pour mater la paroisse : Labelle. Un vieux missionnaire ayant terrorisé les néophytes sur trois continents avant de rentrer au bercail, au Canada. Tant qu'à moi, il aurait pu rester en Afrique. J'ne peux pas supporter l'effroi qu'il cause à mes p'tites dames.

— Bien, dit le curé tout en traînant son corps gargantuesque en direction de madame Paul. Comme l'exige la très savante Lorette Paul, reine du dépanneur depuis Mathusalem, je vais préciser ma question, avec des mots très simples, comme je le ferais à la petite école, puisque cela semble nécessaire. Qui, répéta-t-il, qui a enlevé Kateri de la voûte ?

La révélation est assez stupéfiante pour mettre la foule en émoi. La panique s'installe. Les bons chrétiens se mettent à jacasser, à émettre des hypothèses, à accuser l'un et l'autre, principalement les absents. Le tout Gaz Bar se trouve au bord de la crise de nerfs. Sauf moi. J'lâche un soupir en repensant à ce que Geneviève a tenté de me dire. « Kateri a disparu ». Pas Catherine. *Kateri*.

La statue de la bienheureuse devenue sainte Kateri Tekakwitha orne la voûte sud de Saint-Gabriel-de-Kitchike depuis 1984. La rumeur veut que ce soit Jean-Paul II lui-même qui ait béni la sculpture lors de sa grande messe autochtone de Sainte-Anne-de-Beaupré. C'est la fierté de toute la mission, un peu comme la mascotte des équipes sportives des universités aux States. S'il y a une règle non écrite que tout le monde connaît à Kitchike, c'est que tu ne touches pas à Kateri. T'as le loisir de sacrer comme tu veux, mais tu n'invoques pas le nom du Lys des Mohawks en vain. Pis évidemment, tu ne touches pas à sa statue. J'ignore qui a osé faire ça, mais il va s'attirer la foudre pas juste du curé : toute la fureur catholique de Kitchike s'abattra sur le voleur. J'peux la sentir gronder, ici même, chez Alphonse. Me voilà impuissante à ramener l'ordre ou la bonne humeur, un beau dimanche, ma récompense dominicale gâchée et ma semaine qui commence définitivement du mauvais pied. Pis au moment où j'en conclus que la situation ne pourrait pas être pire, madame Paul crie à tue-tête, de toute sa candeur gamine de sexagénaire avancée, pour annoncer ce qui risque d'être le clou du spectacle :

— Du haut de sa vieille Mazda grise à la peinture défraîchie, ma première *date* à vie, le grand prêtre des païens de Kitchike, le seul et unique, Roméo Cœur-Brisé !

Le silence tombe comme un mort. Plus un mot dans le Gaz Bar. Ah ben tabarnak! Ne manquait plus que ça! Ma main a le réflexe d'approcher le téléphone au cas où j'aurais à caller le 911. J'ne sais pas c'est qui l'illuminé qui a inventé l'expression « le hasard fait bien les choses », mais il ne venait sûrement pas de Kitchike. En plein cœur du scandale de la disparition de Kateri, en présence du porteur de la sainte terreur et de sa foule de fidèles en quête d'un bouc émissaire, se présente Roméo Cœur-Brisé, le vieux chamane de Kitchike. Mes parents, comme la plupart des chrétiens de leur génération, m'ont toujours dit que c'était juste un vieux fou. Qu'il devait avoir toute une collection d'ancêtres dans son placard, pis une liste de péchés plus longue qu'il pouvait s'en faire pardonner pour s'aventurer aussi loin du clocher de la sainte vérité. Moi, j'pense que c'est une bonne personne. C'est ce que dit madame Paul. En tout cas, j'l'ai jamais entendu parler contre personne, lui. Il a toujours un beau sourire à offrir, un peu béat, un peu niais parfois, mais toujours un bon mot pour tout le monde. On ne peut pas dire que l'inverse soit vrai. Mes p'tites dames pis mes p'tits messieurs ont toute une série de commérages et de colportages sur le suppôt du méchant Manitou, comme si le vieux Méo était le symbole de tout ce qui allait mal chez nous. Faut dire que, depuis les dix dernières années, l'église s'est peu à peu vidée, pis les traditionalistes ont pris du gallon dans la réserve. Plusieurs jeunes ont déserté Saint-Gabriel-de-Kitchike pour retourner aux traditions. Les catholiques pensent que c'est de la faute à Méo. Le déclin de la piété chrétienne, mais surtout, le départ de leur curé chéri. J'suis certaine qu'au fond, ils sont conscients que la vérité est ailleurs. Pinault avait assez de raisons de partir. Il a eu une vie bien remplie, son repos est bien mérité. Puis... il y a eu Diane.

Il y a cinq ans, Diane s'est fait frapper. En pleine nuit, ici même, dans le Old Town de Kitchike. Pas d'au revoir, pas d'extrême-onction, juste un grand départ précipité. Pinault ne s'en est jamais remis. Il a juste disparu, comme elle, en pleine nuit, une lettre de démission déposée au presbytère. Quand quelque chose comme ça arrive, j'suppose que ta relation avec Dieu doit changer, même si tu lui as dédié ta vie. Surtout quand tu lui as dédié ta vie. C'est ce qui s'est passé avec le curé Pinault. Mais évidemment, personne n'a osé le dire. Personne n'a osé dire tout haut ce que tout le monde savait dans son for intérieur. Parce que ç'a l'air que peu importe tes bonnes actions, ta dévotion envers la communauté et ta générosité, quand t'es marié à Dieu pis à Jésus Christ pis à l'Église, tu ne peux pas avoir de copine. Pas ce genre de copine. C'est pas permis, on ne peut pas en parler. On le tait. Même les beaux bonheurs, on les tait sur la réserve. Et pour combler le silence, on invente toutes sortes d'excuses. De pieux mensonges, pis de sales mensonges. Des mensonges pour tous les goûts. Certaines mauvaises langues ont professé que la tragédie était une vengeance divine, parce que Pinault avait troqué sa position *de* missionnaire pour celle *du* missionnaire. D'autres ont pointé du doigt Édouard pis sa bande de pentecôtistes qui s'enracinaient dans la réserve. Mais la plupart ont trouvé en Roméo Cœur-Brisé la source parfaite du mal qui aurait éloigné leur saint curé. Surtout que les deux hommes avaient été amis dans leur lointain passé, avant que Pinault ne s'amourache de la sœur de Méo. J'n'ai jamais compris comment on pouvait déblatérer autant de conneries devant un tel malheur, mais c'est ça aussi, Kitchike. Pour cacher une vérité qui est si simple, si noble. Que l'amour triomphe, même ici, sur notre minuscule réserve. Même pour un prêtre. Même pour une vieille femme de ménage qui a passé sa vie à fêter la Sainte-Catherine pour finalement trouver le bonheur de façon tardive dans les bras de son patron, qui s'adonnait à être curé.

Le vieux Méo ouvre la porte et pénètre dans le Gaz Bar d'un pas lent, comme s'il flottait dans ses vieux mocassins. Malgré le silence, les regards médusés et les chuchotements pas très chrétiens des catholiques assemblés, Méo garde la tête haute et le dos droit. Il doit bien sentir que sa présence cause des remous, mais il n'y porte pas attention. Il me salue de toutes ses rides, offre son grand sourire niais à madame Paul, puis, en guise de respect, hoche la tête en direction du curé Labelle qui reste de glace. Le grand Méo saisit un exemplaire du journal, dépose la monnaie exacte sur le comptoir, traverse la foule qui s'efface sur son chemin pour se laisser choir à l'une des tables, au fond du commerce.

— Lorette, mon amie, t'aurais pas un crayon à me prêter ? J'crois que j'ai perdu le mien.

— Encore les mots croisés, Méo ? lui répond madame Paul. Tu ne te lasses jamais.

— À notre âge, difficile de changer nos habitudes.

Quelques clients profitent de la brève interruption pour payer leur dû et prendre la porte avec leurs emplettes. Mais la majorité demeure debout, immobile, face au curé Labelle qui reprend sa tirade :

— Quelqu'un sait. Ici même, dans ce dépanneur, quelqu'un sait qui a volé Kateri. Peut-être le pécheur est-il même dans cette pièce ?

Un silence difficile continue de régner, mais bientôt, les yeux de plusieurs se mettent à osciller entre le curé et le vieux traditionaliste, comme si la solution au problème était d'une évidence élémentaire. Au sein de la foule, un passage se dégage peu à peu entre le curé et le chamane, telle la séparation des eaux de la mer Rouge par la main invisible de Dieu. Mais puisque le vieux Méo et le prêtre font fi des subtiles allégations des fidèles, madame Janine, une Canadienne française transplantée chez nous depuis Champlain, se permet de manifester haut et fort le verdict du tribunal silencieux :

— Monsieur le curé, vous savez bien qu'aucun catholique n'oserait toucher à notre sainte chérie. Personne ne jouerait son âme là-dessus. Le coupable est sûrement quelqu'un dont l'âme est vouée aux flammes du méchant Manitou.

La foule acquiesce dans une vague de murmures et de hochements de tête qui s'écrase sur le vieux Méo dans le fond de la pièce. Sans quitter des yeux ses mots croisés, le chamane émet quelques ricanements, puis s'esclaffe. Sentant tous les yeux du Gaz Bar fixés sur lui, il choisit de déposer son crayon et de relever la tête.

— Madame Janine, je respecte les croyances de votre peuple et, par courtoisie, j'aimerais que vous fassiez pareil. Pourquoi me maudire à l'enfer ?

— Personne ne te maudit, riposte le vieux Hector du bas de ses cinq pieds deux pouces. Tu t'es maudit toi-même en rejetant notre Seigneur et notre foi !

— Tu t'es maudit toi-même depuis tes vingt ans, quand t'as cessé de venir à l'église ! renchérit madame Janine.

Une nouvelle vague de murmures se lève, mais cette fois, c'est plutôt une pluie d'insultes qui s'écrase sur le vieux chamane. Roméo Cœur-Brisé demeure calme, posé, presque souriant. Contrairement à moi, il semble trouver la situation assez cocasse. Tout en fixant le curé Labelle, il répond aux fidèles :

— Bien, nous sommes d'accord. Je n'ai pas mis les pieds dans cette église depuis plus de cinquante ans, ce qui semble prouver que je peux pas avoir volé votre Kateri. Et puis, comme j'ai rejeté votre Seigneur et votre foi, qu'est-ce que je pourrais bien en faire de votre statue ?

Loin d'être convaincue, la foule se met à chuchoter de nouvelles accusations, énumérant des théories plus insensées les unes que les autres. La frénésie reprend de plus belle autour du curé. Son souffle se fait de plus en plus lourd, ses joues énormes se gonflent de sang. Un instant plus tard, il éclate.

— Assez ! hurle-t-il de ses poumons caverneux. Assez de vos théories futiles et de vos colportages enfantins ! Quelqu'un sait ! Quelqu'un doit savoir ! Attendra-t-il le courroux divin avant de parler ? Attendra-t-il que le Tout-Puissant charge les dix plaies d'Égypte de s'abattre sur Kitchike ? Que l'eau se change en sang, que les grenouilles recouvrent la réserve, que les ténèbres envahissent les demeures ?

La colère du curé impose un silence de sacristie, une soumission totale. Mais lorsque ses paroles atteignent l'esprit des fidèles, une nouvelle anxiété agite soudainement l'assemblée.

— L'eau a déjà mal viré, affirme Gisèle Wabush, sans trop y croire. C'est pour ça qu'on vient acheter notre eau au Gaz Bar, monsieur le curé.

— Et les Grenouilles ont envahi la réunion des pentecôtistes, répond plus sérieusement Jacqueline. Vous croyez que c'est un signe ?

— Sainte Kateri qui êtes au pieu! s'écrie Jean-Paul Paul Jean-Pierre. Les ténèbres ont envahi ma demeure! L'Égypte a exporté ses plaies chez nous!

Oh non! ça y est! J'sens la frayeur faire son chemin avant de la voir arriver de plein fouet dans le regard de mes p'tits messieurs pis de mes p'tites dames. Les visages s'éclaircissent d'au moins trois tons de palette Avon. Madame Janine semble avoir un malaise; son mari l'aide à s'asseoir. Les paupières du petit Hector se mettent à battre le morse, alors que son dentier s'acharne à raccourcir ses ongles en cliquetant. Le tout Gaz Bar va frôler l'hystérie collective à cause de la disparition d'une statue, pis moi j'suis là à ne rien faire, figée, complètement désarmée face à la situation. J'aime mon shift du dimanche, j'aime travailler avec madame Paul, j'aime les aînés, pis j'aime les entendre me raconter leurs anecdotes d'antan. Mais ce que j'n'aime pas, mais pas du tout, c'est de gérer une émeute religieuse sur mon shift.

J'tente de faire signe à madame Paul, mais j'ne suis pas capable de la discerner dans la foule. Elle est probablement en train de discuter avec Méo, encore. J'sais bien qu'on ne combat pas une terreur religieuse par la négation, faque j'décide de pousser les fidèles jusqu'au bout de leur raisonnement pour leur montrer leur erreur et, peut-être, sûrement, j'l'espère, me débarrasser du gros Labelle.

— Monsieur le curé, ça serait quoi les autres plaies d'Égypte, déjà?

Labelle prend ma question pour un défi. Il répond en se pavanant pour me montrer qu'il maîtrise sa théologie :

— Les animaux sauvages qui envahissent le territoire, les troupeaux qui tombent soudainement malades, des nuées de moustiques qui couvrent le sol !

J'regrette d'avoir ouvert la bouche dès que j'vois les feux de l'enfer se raviver de plus belle dans les yeux des fidèles. J'aurais dû me taire, comme d'habitude.

— C'est arrivé ! crie soudainement le mari à Janine du fond de la pièce. Les écureuils et les lièvres ont fui les bois !

— Les nuages de bebittes aussi ! Y sont icitte ! renchérit une p'tite dame dont j'ne me rappelle jamais le nom.

— J'ai vu trois chiens morts en allant à la messe ! finit Jacqueline.

J'saisis le téléphone pis j'compose le numéro à Max. C'est le boss ou la police, mais j'me vois mal faire vider une foule de petits vieux par les agents de la paix pour cause d'hystérie collective troublant l'ordre public. Et pis, dépendamment du policier en service, il y a grosso modo une chance sur deux qu'il embarque dans la game à Labelle. Ça sonne, pis ça sonne, pis comme de raison, Max ne répond pas. C'est dimanche, pis il est à son camp. J'remonte le bas de ma jupe pis j'grimpe sur le comptoir pour avoir une meilleure perspective et tenter de repérer madame Paul. Pis une fois que j'y suis, j'réalise l'absurdité de la situation, debout sur le comptoir du Gaz Bar dans mes habits du dimanche, mes p'tits messieurs pis mes p'tites dames terrorisés à mes pieds, madame Paul en train de cruiser le vieux Méo dans le fond de la salle, pis le petit bas-de-cul d'Herménégilde Wabush qui me mate l'entrejambe en souriant pas de dents. C'est plus fort que moi, j'pète une crise de nerfs et j'me mets à hurler à pleins poumons comme une débile mentale.

Un instant plus tard, la voix de Roméo me ramène à mes esprits.

— C'est sûr que les invasions de bebittes pis les chiens morts, ça fait peur. C'est peut-être la colère divine, comme vous dites. Ça, ou alors c'est dû au déversement du truck de babiche qui a eu lieu vendredi matin dans le secteur des shops. Entéka, ça sent le diable jusque dans la tuyauterie. Lorette, rappelle-moi de prendre quelques bouteilles d'eau avant de sortir d'ici.

Le curé Labelle renifle un bon coup, semble hésiter entre deux actions : se ruer sur le vieux Méo ou déguerpir. Il choisit la deuxième option, pis soudain, la terreur se dissipe pour faire place à un profond sentiment de honte. La foule se fait toute petite. Pis moi, ben, j'relâche mon souffle, j'résiste à l'envie d'étamper mon sabot dans la face du vieux Wabush, pis j'redescends.

Les aînés se mettent lentement en file pour payer leur dû, la langue dans leur poche, l'air abattu. Ça sera les vingt minutes les plus longues de tous mes shifts au Gaz Bar, même en comptant les vendredis soirs, mais, au bout du compte, la place se vide. Sauf pour le vieux Méo, toujours là, dans le fond, à faire ses mots croisés. Pis Jean-Paul, qui en est rendu à son troisième sac de chips. Ketchup, cette fois.

Le reste de la journée est particulièrement tranquille, comme tous les dimanches. Des enfants viennent se chercher des slushs pis des bonbons à cinq cennes. Deux ou trois touristes font le plein. Quelques jeunes se ravitaillent en bière cheap pour étirer leur brosse de l'avant-veille et finir leur fin de semaine en beauté. Pis juste avant la fin de mon shift, j'ai droit à de la visite rare. Tellement rare que j'en deviens timide de candeur.

— Dans son utilitaire sport noir comme la nuit, l'enfant prodigue de la mission, monsieur Albin Pinault, curé émérite de Kitchike !

Le vieux curé me sourit, placote avec madame Paul un instant, mais j'vois bien qu'il ne semble avoir besoin de rien. Le sac de papier qu'il tient dans les bras semble assez lourd et j'ne vois pas où il pourrait mettre davantage d'emplettes. Après un moment, il va rejoindre le vieux Méo au fond. J'stresse un peu. J'n'ai pas goût d'avoir à gérer de vieilles querelles de septuagénaires ni de nouvelles agitations religieuses. Mais ce n'est pas le cas. Les hommes se saluent de façon fraternelle, échangent quelques mots, puis l'ancien curé dépose son sac sur la table avant de repartir, les mains vides, le visage serein. Madame Paul me dévisage, les yeux en points d'interrogation. La curiosité la ronge autant que moi, mais elle n'ose pas. Ou plutôt, elle attend mon approbation. J'lui fais signe que oui, pis on va rejoindre le vieux traditionaliste comme si de rien n'était.

— Alors, mon Méo, dit madame Paul d'un air anodin, il voulait quoi, le beau-frère?

Roméo Cœur-Brisé lève ses grands yeux pleins de tendresse vers nous, hésite un instant, puis se délie la langue.

— Que je ramène sa tendre Kateri au bercail, dit-il en pointant le sac sur la table. Albin voulait que sa sainte chérie puisse intercéder en faveur de Diane.

— Et il avait oublié comment entrer dans son église? demande madame Paul.

— J'pense qu'il a juste pas eu la force d'affronter ses anciens paroissiens. Pas avec la messe anniversaire. Pis j'suppose qu'il voulait pas avoir à justifier l'emprunt à son remplaçant. Peu importe la raison, j'peux pas lui en vouloir.

Demain matin à la première heure, j'vais ramper à genoux jusqu'au bureau du beau Max et l'implorer de me redonner mes shifts de soir. Vivement les soûlons qui me matent le décolleté en fin de soirée.

LA CAGE

Dans la légèreté muette de l'aube, Elizabeth fit une pause pour observer une dernière fois la valise ouverte sur le sol. Tout, absolument tout, y était parfait. Chacun des vêtements avait été minutieusement plié, juxtaposé au suivant, classé dans un ordre sublime. Aucun bout d'étoffe ne dépassait, aucune protubérance n'apparaissait sur le champ de vêture. Dans ce petit univers qu'elle pouvait refermer et rouvrir à souhait, tout était ordonné. Chaque collier et chaque écharpe, chaque robe et chaque pantalon, chacune des blouses et tuniques, ses collants et bas de coton, ses soutiens-gorge de camping sauvage et de soirées arrosées, ses petites culottes de terre en jachère et de poèmes bohèmes, le fond de teint brunâtre pour mettre en valeur ses pommettes saillantes, le mascara pour allonger la profondeur de ses yeux discrets, sa brosse à dents et sa broche à cheveux, chacun des éléments de sa petite vie était soigneusement rangé dans le glorieux contenant de nylon pourpre.

Elizabeth se permit un soupir satisfait.

La femme rabattit la valise et referma la fermeture à glissière d'un mouvement gracieux, marquant une pause à chacun des quatre coins, comme une prière discrète offerte au Maître des nomades. En quelques secondes, elle pouvait faire le tour de son univers portable et en déballer les secrets, se poser pour une saison ou pour une nuit. Puis, lorsque l'appel de la migration se faisait sentir, elle pouvait lever le campement tout aussi rapidement pour disparaître vers de nouveaux horizons.

Elizabeth leva les yeux un instant pour scruter la chambre baignée de soleil levant. L'air ambré grouillait de poussière, la chaleur des rayons lui semblait particulièrement intense pour cette heure hâtive, mais tout était calme, serein. Seuls le chant des oiseaux et le souffle discret de l'homme, endormi au creux du lit, venaient épicer le doux silence du moment. Les petits cadres de bois aux photos pas si anciennes affichaient quelques moments de bonheur auprès de cet homme. Mais comme lui, ces temps heureux s'étaient assoupis pour laisser place à de nouveaux rêves, de nouvelles envies. Elizabeth avait compris jeune que la magie de l'amour s'estompait rapidement face à la lourdeur du quotidien, qu'il valait mieux chérir des souvenirs que se perdre dans les regrets. Ces quelques photos avaient beau provoquer un pincement au cœur, elles ne la feraient pas dévier de sa destinée, de sa route chérie. Vrai, elle avait été heureuse, ici. Un jour, lorsqu'elle serait vieille, elle repenserait à tous ces bons moments et, le cœur repu de souvenirs, elle sourirait. Mais aujourd'hui, elle ne pouvait se permettre de porter davantage que sa valise.

Elizabeth s'étira pour se lever, mais au milieu de son élan, elle sentit le poids de ses choix peser sur son estomac. Elle dut s'accroupir un moment, tête baissée, les deux mains sur la valise. Son souffle se fit lourd et elle eut peine à garder le contrôle. La crampe ne dura qu'un instant, mais la nausée perdura. Les yeux fermés, elle prit une profonde inspiration, gorgea ses poumons de l'air poussiéreux de Kitchike, puis lentement, pressa le nombril vers sa colonne pour faire le vide. Doucement, elle allongea les bras, telles des ailes, et visualisa la mer, le ciel, l'univers tout entier à vol d'oiseau. Elizabeth respira profondément tout en battant des ailes. Voilà, elle y était. Là-haut, sur le toit du monde. Libre.

Elizabeth connaissait bien le monde. Elle en était tombée amoureuse enfant, lors de son premier voyage hors de sa lointaine réserve de la Basse-Côte. Sa classe avait performé quelques danses folkloriques maladroitement chorégraphiées aux quatre coins de la France. De tous les animaux mis en scène dans le spectacle, on lui avait attribué le rôle de l'outarde. Encore aujourd'hui, elle restait convaincue que ce n'était pas un hasard, que l'esprit nomade de l'animal s'était reconnu en elle. Depuis, elle avait vogué sur toutes les mers, survolé tous les continents, butiné d'île en île, de la Réunion à Man, d'Haïti aux Australes. Elle avait vécu la frénésie et la déchéance de New York, Paris et Rio. Le calme doucereux de Huahine et Maurice. Elle était une femme du monde, et chacun des battements de son cœur était un appel à la marche migratoire, à l'envol. Sa vie entière, une offrande au Maître des nomades.

Elizabeth se leva et, avant de franchir la porte de la chambre, lança un dernier regard à l'homme sublime qui dormait paisiblement dans les draps de soie. De ses lèvres menues, elle voulut lui murmurer un dernier mot, un dernier « au revoir », un dernier « merci », peut-être même un « je t'aime ». Mais elle sentit les murs se resserrer lentement et dut fermer les paupières pour chasser cette fâcheuse impression.

Le piège se repliait.

Il était temps de reprendre la route.

Maintenant ou jamais.

Elle empoigna la valise et la glissa dans le corridor, en direction de la salle à manger. Elle pouvait sentir son pouls s'accélérer au fur et à mesure qu'elle augmentait sa vitesse de marche, mais plus elle hâtait le pas, plus la salle à manger semblait s'éloigner, plus le corridor s'étirait et s'allongeait.

Elle s'arrêta, prise de panique. À l'autre bout du couloir, les carreaux de la marqueterie se mirent à vibrer, à se soulever, à tournoyer sur eux-mêmes. Un à un, ils commencèrent à voler dans sa direction à une vitesse fracassante. D'instinct, elle bondit hors de leur trajectoire, dans le salon. Elle claqua les portes françaises et s'y adossa, haletante. Telle une gamine, elle s'était laissé prendre au piège. Enfermée dans cette maison, loin du regard du Maître, si loin des routes migratoires, atrophiée dans cette réserve de béton.

Kitchike.

Kitchike n'était pour Elizabeth qu'un accident de parcours, qu'une condition qu'elle avait acceptée à contrecœur le temps d'une tendresse bien méritée, pour pouvoir se réveiller quelques saisons près de cet homme, trop sédentaire, qui y était né et y avait vécu et y mourrait sûrement sans n'avoir jamais rien vu. Mais elle savait, elle avait toujours su, au plus profond de ses tripes, qu'il ne s'agissait que d'une étape de son parcours. D'ailleurs, au-delà de cet homme, Kitchike n'avait pour elle aucun attrait. Ce n'était à ses yeux rien de plus qu'un ghetto de suffisants. Cette réserve n'avait ni le charme délabré, mais authentique, de son village d'origine ni les attraits stroboscopiques de la cité. Kitchike, c'était à la fois trop et pas assez. Trop près et trop loin de la ville. Pas assez exotique et pas assez familier. Trop d'yeux bleus et trop de peaux cuivrées. Il n'y avait pour elle aucun avenir, ici.

Elle devait reprendre la route au plus vite.

Elizabeth laissa tomber sa valise et força la bibliothèque contre les portes pour se barricader. Elle vérifia la solidité de la fenêtre du salon avec ses mains, puis empoigna une lampe sur pied pour la fracasser. La chaîne 100 % bouffe envahit l'écran de la télé qui prit vie d'elle-même. Caroline McCann, toujours ronde du ventre, préparait une escalope de bœuf farcie au Fontina et aux pruneaux. Alors que l'animatrice expliquait savamment que son boucher avait dû marteler son escalope de surlonge pour l'attendrir, le cordon d'alimentation de la lampe glissa entre les jambes d'Elizabeth, qui bascula contre le divan, les membres liés. Elizabeth se débattit un instant, mais bientôt, son esprit fut happé par les instructions culinaires de l'animatrice télé qui, visiblement, semblait plus qu'heureuse de sa condition. Caroline McCann tranchait ses échalotes françaises « très finement » tout en déclinant les explications plus que détaillées de la prochaine étape de la réalisation de ses escalopes de bœuf farcies. Mais bien avant que la chef ne se rende au traitement des pruneaux, les cris des outardes qui constellaient le ciel de Kitchike tirèrent Elizabeth de sa torpeur. Ligotée de la tête aux pieds, elle se leva d'un bon, fracassa d'un solide coup de tête le miroir au-dessus du divan, saisit un bout de verre, puis rompit le cordon qui la maintenait prisonnière.

Libérée, Elizabeth fonça vers la fenêtre. Elle eut à peine le temps d'apercevoir la volée d'outardes que les stores vénitiens en fer se refermèrent pour lui bloquer la vue. Quelque chose n'allait pas. C'était le printemps, pourquoi les outardes allaient-elles vers le Sud ? Elle devait sortir de là au plus vite. Le doux secret des escalopes au Fontina allait devoir attendre.

De l'autre côté des portes, le vrombissement de la marqueterie avait été remplacé par un bruit familier d'électroménager. Elle tassa la bibliothèque, jeta un coup d'œil furtif et se glissa dans le corridor, valise à la main. C'est alors qu'Elizabeth réalisa que la valise était beaucoup plus légère que lorsqu'elle était entrée dans le salon. Trop légère. Un frisson remonta sa colonne et s'incrusta dans sa nuque. Elizabeth courut vers la salle de bain d'où émanait le vacarme et défonça la porte. La panique fit place à un soudain excès de rage. À l'intérieur, répandu pêle-mêle sur le plancher froid, gisait l'ensemble de sa garde-robe. Du panier à linge plein à ras bord débordaient et s'éparpillaient çà et là au sol chaque robe et chaque pantalon, chacune des blouses et tuniques, ses collants et bas de coton, ses soutiens-gorge de camping sauvage et de soirées arrosées, ses petites culottes de terre en jachère et de poèmes bohèmes. Pratiquement tout le contenu de sa valise reposait sur la céramique bleutée.

Elizabeth figea un instant. Elle ne pouvait pas le croire. Tout cela était surréel. Elle déposa sa valise, ouvrit la glissière de trois gestes brusques, tout en marquant machinalement une pause aux quatre coins, et rabattit le panneau pour constater le désastre de ses propres yeux. La valise était vide. Complètement vide.

D'un bond, Elizabeth se releva, se précipita sur le comptoir, ouvrit un à un les tiroirs et les armoires de la salle de bain et y trouva le fond de teint brunâtre pour mettre en valeur ses pommettes saillantes, le mascara pour allonger la profondeur de ses yeux discrets, sa brosse à cheveux et sa brosse à dents, tout son petit univers qui s'était échappé en douce de sa valise de nylon pourpre pour se faufiler sournoisement dans son lieu de rangement habituel.

Le cri strident annonçant la fin du cycle de la machine à laver retentit dans la pièce. Elizabeth hurla à pleins poumons, hurla à s'en rompre la cage thoracique. Son hurlement fit vibrer les miroirs et les vitres de la fenêtre et de la douche et même les carreaux bleutés de la céramique. Lorsqu'elle se tut, elle n'entendit plus que le bruit assourdissant du sang frappant contre ses tempes. Elle fit un pas vers la machine, puis un second. D'une main incertaine, elle souleva le couvercle de la laveuse. Un à un, elle en ressortit ses plus beaux vêtements. Ils étaient détrempés, mais visiblement pas immaculés. Un bref coup d'œil à la sécheuse adjacente lui permit de constater que le savon à lessive se trouvait toujours dans le petit contenant à mesurer. Elle avait oublié le détergent. Elle avait oublié le détergent et maintenant, elle devrait recommencer le lavage et attendre la fin de chacun des cycles de chacune des brassées, puis envoyer tour à tour dans la sécheuse chacune de celles-ci, et de nouveau attendre que le linge soit séché pour le plier minutieusement, et tout ranger dans le glorieux contenant de nylon pourpre. Et, encore une fois, elle devrait faire patienter le Maître.

Non, se rappela-t-elle. Elle n'avait rien oublié. Elle avait simplement rangé son petit univers dans sa valise pour quitter cette satanée réserve, reprendre la route, et reconquérir sa destinée nomade. C'était Kitchike. Kitchike qui la forçait à prendre racine, à troquer l'extase de l'envol pour une sédentarité routinière sans horizon, à regarder passer les saisons au lieu de danser avec elles.

Non, se répéta-t-elle. Elle ne se laisserait pas abattre si facilement.

Elizabeth se jeta par terre et entreprit de remplir la valise de nouveau, le plus rapidement possible. Elle agrippa les vêtements répandus au sol, ceux du panier et même ceux détrempés qui se trouvaient dans la laveuse et les poussa dans le glorieux contenant de nylon pourpre.

Au fur et à mesure que la valise avalait le tissu, le panier à linge à ses côtés le régurgitait. Elle redoubla d'ardeur, tentant de battre de vitesse le panier qui se remplissait et recrachait chaque robe et chaque pantalon, chacune des blouses et tuniques, collants et bas de coton, soutiens-gorge de camping sauvage et de soirées arrosées, petites culottes de terre en jachère et de poèmes bohèmes.

Le couvercle de la machine à laver se referma et Elizabeth entendit le jet d'eau remplir la cuve. Elle s'arrêta, battue. C'était peine perdue. Elle ne quitterait jamais ce monde avec ses possessions chéries. Si elle voulait quitter cette maison, cette réserve de béton, elle devrait le faire comme ses ancêtres nomades du nutshimit, avec un minimum de bagages.

Une puissante rafale frappa la fenêtre de la salle de bain. Elizabeth y jeta un coup d'œil. Un puissant blizzard rugissait sur un épais tapis blanc, secouant violemment les quelques arbres qui résistaient tant bien que mal à la tempête. L'hiver. L'hiver était arrivé si tôt cette année. Le froid s'insinua dans son ventre et elle sentit ses jambes trembloter. De nouveau, Elizabeth courba le dos, ferma les yeux, et souffla. Elle leva les bras telles des ailes et tenta d'élever son esprit au-dessus du doux tapis blanc. Mais elle ignorait comment voler dans la tempête, comment s'orienter dans le blizzard. Le vent glacial frigorifiait ses os et son esprit dut se poser.

Elizabeth rouvrit les yeux.

D'une démarche lente, mais déterminée, elle sortit de la pièce pour rejoindre la salle à manger adjacente au hall d'entrée. Cette fois, le corridor ne tenta pas de la retenir. Elle détacha une clé de son trousseau. La déposa sur l'îlot. Hésita un moment devant la garde-robe. Songea à l'accélération du cycle des saisons. Choisit finalement un manteau de printemps. Pourpre, comme la valise laissée derrière. Elle l'enfila. Posa ses doigts sur la poignée. Hésita encore. Puis tourna le poignet pour ouvrir la porte.

Et alors qu'elle s'apprêtait finalement à reprendre la maîtrise de son destin, un bruit la retint. Un cri, pur et fragile, mais tout aussi puissant que le déchaînement des saisons. Un cri qui se faufila dans ses oreilles et descendit dans ses tripes pour nouer son estomac, puis le long de ses jambes pour faire chanceler ses chevilles. Un cri à son image, frêle et désespéré : un geignement de nouveau-né. Le poids du monde chuta dans son ventre et elle sentit une fois de plus l'étau se refermer.

Elle retira sa main de la poignée. Tourna la tête. Les talons. Elle se mit à marcher et emprunta le corridor qu'elle avait eu tant de mal à quitter pour se rendre au fond, tout au fond, dans la petite pièce qui faisait face à la chambre où elle avait laissé dormir cet homme sédentaire avec qui elle avait partagé quelques instants de bonheur, instants qu'elle chérirait un jour lorsqu'elle serait vieille, si vieille qu'il ne lui resterait plus qu'à chérir ces souvenirs repus de tendresse.

La porte était grande ouverte. À l'intérieur de la petite chambre baignée de soleil levant se trouvaient une table à langer, un berceau, de petits mocassins de papu auass, un petit capteur de rêves aux plumes couleur pastel accroché à la fenêtre. L'air ambré grouillait de poussière, mais tout était calme, serein. Les yeux discrets d'Elizabeth se firent globuleux. La nausée, les crampes, les indécisions, la retenue face à l'appel migratoire... Kitchike ne cherchait plus à la retenir : elle la possédait déjà par les entrailles.

La porte de la chambre se referma d'elle-même.

De nouveau, Elizabeth sentit les murs se refermer autour. Mais cette fois, elle ne courberait pas l'échine, n'allongerait pas les bras pour battre en retraite dans ses rêves de liberté. Elle se battrait en guerrière, en survivante, sédentarisée, mais indomptée. Une puissante colère monta en elle et l'enflamma. Elizabeth leva la tête et ouvrit la bouche pour recracher un brasier rugissant. Elle hurla et ses flammes envahirent la petite pièce. Elle hurla à s'en rompre les poumons, à s'en déchirer les cordes vocales. Elle hurla et son cri s'allongea, de plus en plus fort, de plus en plus puissant, son cri s'étira et emplit la pièce et se fit rauque et haletant... Et lorsque le cri retomba, les flammes avaient emporté avec elles tout le petit mobilier, tout ce petit monde. Tout avait disparu, sauf la marqueterie au sol, maintenant recouverte d'une épaisse poussière. Tout le reste avait été victime des flammes ou de l'usure du temps.

Elizabeth se tourna lentement vers la porte et croisa son regard dans le miroir accroché au mur. Elle reconnut tout de suite le vieux miroir de bois, qui provenait de ses grands-parents. Elle reconnut aussi son regard résigné, épuisé. Mais le reste de l'image ne lui convenait pas. Son visage était envahi de rides, ses cheveux gris-blanc étaient rêches et libres, retombant sur ses épaules vieilles et courbées. Ses seins étirés pendaient sur son ventre, énorme, qui retombait lui-même par-dessus sa ceinture. Elle ne se reconnaissait plus. Voilà tout ce qui restait d'elle. Elle s'était fait happer, harnacher par une vie dont elle n'avait jamais voulue.

Par la fenêtre entrouverte, elle entendit les oiseaux l'appeler. Elle scruta le ciel et y vit une volée d'outardes qui revenaient du Sud. Elles étaient parties sans elle, mais revenaient la saluer. Le cœur d'Elizabeth devint lourd. La porte de la chambre s'ouvrit en grinçant. Une toute petite fille en pyjama rose s'avança, chancelante, doudou à la main. Elle n'avait pas plus de quatre ans. Elle fixa Elizabeth un instant, inquiète, puis demanda :

— Ghand-maman, pouhquoi toi khié ? Quoi t'est ahivé ?

Elizabeth avança d'un pas, prit la petite dans ses bras et la serra contre elle de toutes ses forces. Elle susurra :

— Kitchike, ma belle Victoria. Kitchike m'est arrivée.

— Ghand-maman, on va nouhir les oiseaux ? dit la petite fille en pointant la nuée d'outardes déployée au jardin.

— Pas ceux-là, Victoria. Ils oublieraient de repartir.

Elizabeth pleura toutes les pluies de la nouvelle saison, mais ne sut jamais s'il s'agissait de larmes de peine ou de larmes de joie.

ZOMBIE

C'est pas aujourd'hui que le ciel assouplira son voile de noirceur. C'est pas demain la veille. J'aurais dû faire comme tout le monde et prendre un foutu parapluie avant de sortir. Ça m'aurait évité cette sensation incommodante d'humidité qui m'a suivi jusque dans le ventre de la bête. Mais j'importunerai pas personne. J'suis pas icitte pour me faire des amis. J'prévois pas m'attarder assez longtemps.

J'suis à peine entré dans l'établissement que le portier m'apostrophe et exige mes cartes. Vraiment ? J'ai soufflé mes quarante chandelles depuis quelques années déjà. Peut-être qu'y'a un âge maximal pour entrer dans ce genre de club de nos jours. Le gaillard au nice jacket de velours m'assure que non. Fouille aléatoire pour les nouveaux.

— On veut pas de trouble ici, qu'y'affirme d'un ton mi-agressif, mi-blasé.

J'lui fais un clin d'œil qui se veut rassurant. Il inspecte mon permis de conduire un peu plus longtemps que nécessaire, pis se permet de préciser sa pensée :

— Pierre Wabush, han ? On n'est pas habitué de voir des guerriers vêtus de soie.

D'aucuns s'indigneraient du racisme subtil du commentaire, mais j'me contente de garder ma démarche stoïque.

J'suis venu au Halloway strictement par affaires. C'pas le genre d'endroit qui me branche : un hall postgothique, hanté par des péteux de broue barbouillés en ratons laveurs. Des vampires qui quémandent l'attention de leurs semblables en réagissant de façon disproportionnée pour tout et pour rien. On s'croirait dans un film d'époque. J'sais pas trop laquelle, parce que j'ai jamais vraiment été fort en histoire, surtout pas celle « des Europes ». Le genre d'époque où les gens parlent d'eux-mêmes à la troisième personne. Le genre d'époque où on cache son hypocrisie sous une bonne couche de romantisme. Son odeur de rat, avec de la rance fleurie. Le genre d'époque où les femmes se gainent d'égorge-bedaine sous leur soutien-gorge, pis cachent leurs dents avec un éventail pour dissimuler leur haleine de batracien véreux. Tiens, maintenant que j'y pense, j'me demande pourquoi elles utilisaient pas juste leur main, comme les filles de la réserve font pour cacher leurs dents quand elles gloussent en public. Probablement parce que dans ce temps-là, les Blanches avaient les mains usées. Du coup, ça expliquerait pourquoi elles enfilaient des petits gants blancs de dentelle. En tout cas, icitte, on s'croirait dans ce genre de monde de fous. Pareil, sauf remixé par Rob Zombie. Parce que tout est noir, tout est agrémenté d'un pseudo-lugubre qui transpire la mélancolie à la *Twilight*.

Le bar est orné de gargouilles gazouillantes, tant sur les murs que sur la piste de danse. Le mobilier de bois est orné de crânes humanoïdes, de têtes de biche, de bœuf, de chevreuil, de loup et même de foutu poulet (j'suppose qu'ils ont quelque chose contre les tortues pis les ours, parce que ça, j'en ai pas vu). La musique métal s'y décline dans toutes ses « subtilités », assourdit les mœurs, et fait trembler l'attirail lumineux de façon stroboscopique. Et j'ai ni la patience ni la mémoire à court terme requises pour compter le nombre de faux lampions DEL made in China alignés sur les tables et derrière le comptoir. C'est déprimant, même sans prendre en compte la faune locale : des hommes aux cheveux longs lissés, à moitié efféminés, qui se teignent les sourcils pis s'enrobent de draperies sombres pour se donner un air sévère. Des putains tatouées comme Satan, couvertes de dentelle du jupon au chapeau, les seins propulsés vers les yeux curieux par des bonnets-à-surprise. Les uns comme les autres se blanchissent le teint pour avoir l'air plus morts que Dracula.

Tout est fake. Absolument tout.

C'est pas le genre d'endroit qui me branche ni le genre de monde qui m'impressionne.

Non, moi, j'viens du Old Town de Kitchike. J'suis habitué de voir des petits vauriens sous-éduqués prendre des airs de noblesse dès qu'ils convoitent un poste. Des crapules de fond de réserve se prendre pour des big shots en cravate dès qu'ils obtiennent la grosse job, le bon deal, ou pire, leur fucking élection.

Le fake, je flaire ça de loin.

N'empêche, j'tâche de sembler à l'aise dans ce nid de disjonctés. J'essaie d'avoir l'air de pas trop m'emmerder. De me fondre dans la jungle, d'être casual as usual. Ça exige un peu de subtilité quand j'lève les yeux vers l'horloge-crucifix-inversé au-dessus du comptoir-table-du-sacrifice. C'est moins évident de contenir ma stupeur quand j'constate que leur « p'tit Jésus » arbore une érection. Eh ! j'en connais une gang chez nous qui ferait tout un scandale avec ça, mais j'ai pas le temps d'y porter davantage attention, parce que c'est là que la barmaid s'avance vers moi avec son sourire de catin. Son décolleté est tellement lourd qu'il risque de déchirer la dentelle à la commissure de sa blouse. A doit avoir les mamelons fatigués.

— Je peux vous être utile, gentleman ? qu'a me dit en pliant un genou en signe de politesse.

Gentleman. Ouin, certain.

Tu dois avoir l'air d'un gentilhomme avec ce costume de clown-là, un complet noir avec une chemise blanche au collet bouffant. Ça serait déjà un habit de bouffon si y'était pas détrempé jusqu'à la moelle. Tu sens même plus le canard mouillé, tu sens le canard boiteux.

Eh ! gentleman certain. Clisse.

N'empêche, j'me retiens pour pas y dire qu'en effet, elle pourrait ben m'aider en me raccompagnant à ma chambre, que j'ai un vilain mal à l'âme que seule une femme attentionnée pourrait guérir, mais seulement temporairement. J'voudrais pas qu'elle s'amourache parce qu'aussitôt que j'obtiens ce que j'suis venu chercher, j'retourne sur mon no man's land de réserve.

Oh ! pardon ! J'suis pas politically correct. Maintenant, on doit dire « territoire de ma Première Nation ». J'sais pas c'est qui le cave qui a remplacé le mot « réserve » par « Première Nation ». Parce que d'une part, une nation, c'est pas un territoire, c'est un peuple. Pis une communauté, c'est pas un peuple à elle seule. Asteure, y'a autant de nations que de villages. Pis en plus, elles sont toutes « premières », pour être sûr de pas froisser personne en les numérotant, comme les vieux traités que les autorités britanniques nous ont rentrés dans le derrière – sans lubrifiant – les uns après les autres.

Pas nous, évidemment. Pas Kitchike.

Nous, on n'a pas eu droit aux numéros, parce qu'on se faisait déjà fourrer par les Français. Pis quatre cents ans plus tard, on a encore leur baguette au fond de la gorge pendant que les British nous baisent de l'autre bord. Ça, c'est nous. Kitchike, MILF du plus ancien gang bang colonial que la terre ait portée. Pas pour rien qu'on n'ose pas riposter, qu'on se laisse soudoyer par n'importe quelle mascotte au poing de fer qui s'présente aux élections.

La waitress semble confuse.

J'suppose que c'est l'effet que ça fait quand tu poses une question simple à quelqu'un pis qu'y te regarde les yeux flous, perdu dans ses pensées. Si au moins j'avais fixé sa poitrine si bien mise en valeur par son attirail de séduction, elle aurait compris.

Même pas : zombie mode.

— Monsieur ?

OK, Wabush, sauve les apparences, juste pour pas lui faire de peine pis peut-être, oui, peut-être avoir droit à un peu de douceur « maternante ».

J'plonge les yeux dans la vallée se déversant entre ses bonnets et j'y réponds :

— J'vais prendre un Grand Marnier. Double. Sur glace.

Elle sourit, s'incline avec une paupière plus lourde que l'autre et disparaît dans la petite foule de pincés en se déhanchant. Peut-être que son clin d'œil veut dire quelque chose. Après tout, si tu t'fies aux alentours, a doit pas être habituée de voir des grands gaillards au teint basané. C'est pas que t'es particulièrement beau, mon Wabush, mais si tu t'compares aux mauviettes pis aux cafards qui grouillent icitte, tu pourrais probablement être sélectionné pour un show de téléréalité.

La serveuse s'éloigne, pis mes yeux suivent ses longues jambes enroulées de filets noirs jusqu'à la mi-cuisse, remontent la jupette, s'arrêtent sur ses fesses abondantes un instant, puis reprennent le long de son dos dénudé, pour atteindre subtilement la croix de l'Antéchrist bandé – comme moi – qui sert d'horloge.

Minuit moins cinq.

Mon contact devrait arriver d'un instant à l'autre. Peut-être qu'y'est déjà là.

J'm'avance vers le comptoir pour avoir un meilleur point d'observation de la faune macabre. J'balaye la place d'un regard béant, tout en prenant soin de m'attarder sur les décolletés et les derrières des jeunesses. Ça me permet de dissimuler le véritable objectif de ma « scrutination » (j'le sais que c'est pas un vrai mot, pis j'm'en clisse) tout en profitant du paysage. Y'a pas de mal à mélanger travail et plaisir, pourvu qu'on n'oublie pas l'ordre de préséance.

Un foulard mauve. C'est la seule indication qu'on m'a donnée. Le seul indice me permettant d'identifier mon contact dans ce nid de larves. Un foutu foulard mauve. Pourquoi pas une dent en or tant qu'à y être ?

J'réussirais pas à identifier un singe en patins icitte, avec la pénombre schizophrénique frappée au stroboscope. D'autant plus que la place commence à s'emplir asteure que l'heure des revenants s'amène. Heureusement, ça semble pas être la couleur la plus populaire de la horde. Mes yeux s'assèchent à grands coups de « scrutination » (oui, encore). J'finis par distinguer quelques fragments de mauve flottant aux abords de la piste de danse.

J'm'approche discrètement, tout en faisant signe à waitress pour pas qu'a me cherche.

Quelques pas dans la bonne direction et j'me rends compte que c't'une femme. Une belle rouquine boudinée aux lèvres charnues. Fuck, le temps va être long. J'suis pas mal sûr que mon contact est censé être un homme, faque j'm'arrête soudainement dans ma lancée. J'suis pas le genre de gars qu'on remarque. Pas le genre de gars qui s'fait aborder dans un bar par les jeunesses tout sourire qui s'dandinent le derrière comme des chattes en chaleur. J'préfère les open house de Kitchike. J'préfère rester incognito. J'dois quand même admettre qu'une fois de temps en temps, j'me dis qu'une partie de « vicieuserie » crasse avec une p'tite Blanchonne me ferait le plus grand bien. Évidemment, j'parle des femmes, pas des phoques. J'ai pas vraiment d'expérience avec les hanches. C'est pas courant sur les réserves. Mon vieux pote Jakob m'a déjà dit qu'y'avait rien de plus jouissif que de prendre une petite Blanche par derrière, bien attelée sur ses pattes, le steering entre les mains comme un pilote de Formule 1, pis de lui ramoner le tuyau d'échappement jusqu'à ce qu'éjaculation s'ensuive. Je regarde une fois de plus la p'tite rouquine se déhancher sur le rythme de casseroles néogothiques qui fait figure de musique dans ce trou-là, pis j'me dis que j'haïrais pas ça essayer son volant. A semble avoir la pogne aux bonnes places. Pis au même moment, j'bénis la noirceur ambiante de dissimuler la bosse qui enfle dans mes culottes.

La waitress m'amène mon double que j'sirote moins longuement que j'aurais espéré. J'échange quelques lieux communs, juste assez pour la faire sourire, pis quand mes yeux reviennent sur la piste de danse, j'me rends compte que la rousse a disparu. Ou plutôt, qu'elle s'est gracieusement posée sur son perchoir, seule à une table. J'ai pas fait deux pas dans sa direction qu'elle se retourne pis me transperce avec ses grands yeux mangeurs d'âme. De grands yeux verts comme l'espoir qu'on devrait jamais avoir. J'fige, mortifié. Un instant. Ou deux ou trois ou quatre, j'suis pas certain, mais j'sais que l'instant d'après, j'reçois un coup de coude dans les côtes et j'm'retrouve face à face avec le sosie de The Rock – six pieds cinq, six pieds six – pis sans que j'm'en rende compte, mes souliers pis mon fond de short doublent leur size, parce que j'm'y perds, soudain.

— Oublie ça, mon grand. Laura, c'est la créature du boss. Tu t'approches pas.

J'y fais un signe de tête pour lui dire que j'ai catché, mais pour éviter d'être trop poli, j'me racle la gorge du même coup.

J't'ai compris, mais j'm'en fous.

J'en ai absolument rien à faire du boss. À ben y penser, j'en ai rien à foutre de Laura itou. Rien à foutre des petites Blanchonnes, qu'elles soient rousses ou blondes ou brunes ou vertes comme l'espoir qu'on devrait jamais avoir. Grand con de pédé qui se prend pour Lou Ferrigno. Y'a pas de mal à regarder, han? J'suis ici par business, han? J'me l'rappelle pour pas oublier, parce que des fois, c'est dur de s'rappeler ce genre de trucs quand t'es shafté. J'cale le résidu liquide pis j'avale les glaçons pour éviter d'me brûler le gorgoton. Yeah. Fuck.

— Aubergine!

Les bonnets-à-surprise me tendent un autre Grand Marnier. J'ai pas l'temps de l'payer que j'en commande un autre. J'm'en enfile trois-quatre derrière la cravate, pis j'me rends compte qu'y fait chaud en clisse dans cette fournaise à cochons. P'tit clin d'œil, bon tip, j'retiens la main qui veut taper une fesse à waitress en guise de remerciement, pis une fois le courage amassé dans le fond du gosier, j'me décide finalement à aller m'asseoir avec Laura qui se déhanche nonchalamment sur son siège, pis clisse que j'la prendrais sur ce même foutu siège, bien accoudée, les seins serrés pis la bouche entrouverte. Dans cet ordre-là ou un autre. Pourvu que j'puisse y mettre les mains sur l'volant. Le monde est un cercle pis fuck le p'tit Jésus bandé qui m'indique toujours la même câlisse d'heure depuis que j'suis entré icitte.

Minuit moins cinq chez Halloway.

Fuck that et bonsoir chérie!

— Chérie? Pas très original, mon beau brun, me rétorquent les pulpeuses de Laura.

Du moins, j'suppose que ce sont ses lèvres qui m'répondent, parce que j'vois plus que ça. J'réalise que j'y suis. Là, assis à ses côtés, humant ses phéromones d'un peu trop proche, un peu trop croche, ma grande patte se réchauffant contre sa cuisse brûlante...

J'repousse mon sixième verre d'une main. Loin, à l'autre bout de la petite table de bois ornée d'une tête de cerf, les bois hauts et arrogants, qui me scrute d'un air réprobateur. Fuck ça. Y'a déjà assez du crucifix qui te nargue avec sa zone de relativisme temporel sans avoir le porte-parole du Conseil des Animaux qui t'surveille avec sa mine plus que parfaite. J'ai jamais été du genre religieux. Les piliers de la tradition m'ont toujours autant dégoûté que les mangeux de balustre. Fais pas ci, fais pas ça... Leur grand air supérieur, leur fucking droiture... C'est pas comme si ça avait jamais sauvé qui que ce soit.

— En tout cas, pas toi ! me répond l'alcool tout en me réchauffant le fond d'la gorge.

J'laisse échapper un soupir dans le cou de Laura. Son regard perçant me rentre jusqu'au plus profond de l'âme, pis j'sens le poil se redresser sur ma nuque, pis le reste aussi.

Concentre-toi, Wabush ! C'est pas pour ça que t'es venu icitte, clisse !

J'me lève d'un bond, pis j'me faufile jusqu'aux toilettes. Tout ça avec une rapidité déconcertante vu mon état médium saignant. En rentrant dans les chiottes, j'me fais bousculer par un jeune innocent de pédé d'émule d'Edward Cullen qui n'semble pas marcher plus droit que moi.

— Hé ! le zombie, fais attention pour pas défaire ton brushing ! que j'y lance en jetant un coup d'œil dans le miroir.

— Tu peux juger tant que tu veux, mais nous autres, au moins, on a les yeux ouverts et le cœur pompé de sang. Icitte, t'es le seul qui a l'air d'un zombie.

Il claque la porte et me laisse seul avec mes frustrations et mes préjugés. Seul devant le foutu lavabo. J'me rince la face de mes mains vacillantes pis la vérité me rattrape. Grand clisse de fainéant qui te pousse des idées dans conscience. Mais y'a raison sur un point. Les vampires s'époumonent de sensations fortes pendant que toi, tu portes ton gris comme un jour du Souvenir.

T'es juste de passage, mon Wabush. Icitte, c'est évident, mais fais-toi pas accroire que c'est différent sur la fucking réserve. T'avais six ans pis t'étais de passage d'une école à l'autre. De passage dans les rues sombres, dans les after-hours pis les open house. Partout où tu peux boire la bière des autres. Dans le lit de Lydia, de Sophie, pis même dans celui de Jakob, les jours où y daigne aller travailler en laissant sa douce seule à maison. De passage dans la succession de jobs « de projets », comme y'appellent les programmes d'insertion au village. Comme la plupart du monde sur la réserve, t'es un zombie de passage. Un zombie qui ferme sa gueule et regarde le temps passer pendant que le bonze bien-pensant pis les big shots de nos républiques de courgettes (as-tu déjà vu pousser une banane sur une réserve ?) se graissent le cul avec les subventions fédérales, pis placent leur famille dans tous les postes dispos, du plus prestigieux au plus insignifiant. Un foutu zombie, ouais. Pas tort. Y'a pas tort, le fucking Blanchon. Mais ça lui donne pas l'droit de prendre des airs hautains de colonisateur de merde.

M'en vas leur montrer, moi ! M'en vas tester les dires de Jakob sur les femmes. Pas la sienne, ça, j'ai déjà essayé, pis elle en n'a pas de steering. Nah, à soir, ça va être les hanches de Laura. M'en vas y attacher les mains avec son clisse de foulard mauve, pis la faire gémir jusqu'à ce qu'elle me tende les petites photos que je suis venu chercher. Fuck, yeah !

J'me sèche les dents pour m'aiguiser le sourire, pis j'vérifie que j'ai pas de surprises entartrées dans dentition. J'm'ébouriffe le toupet, me lisse les sourcils. Voilà. Il est prêt. Il est de retour, le prédateur de Kitchike, lâché incognito dans les entrailles de la grande ville.

Le Grand Marnier m'inspire soudain un move classique de *Karaté Kid* (l'original, bien sûr), même si j'ai probablement plus l'air d'un fucking flamant rose : j'élève lentement la jambe droite en me tenant tant bien que mal sur la gauche. J'lâche un beuglement qui se veut un cri de guerre, pis j'câlisse un coup de pied dans la porte pour retourner vers la lumière auréolée de la douce Laura. Pis là...

J'sais pas si j'ai mal calculé mes distances, mais le corridor se tasse subitement, pis j'me retrouve cul par-dessus tête dans la froideur humide d'une allée sombre, propulsé depuis une porte de service trop bien placée. C'est pas un hasard, pis j'suis pas mal certain que j'suis pas le premier à qui ça arrive icitte, mais j'm'en câlisse. Parce que soudainement, les halos des lampadaires se mettent à grouiller autant que les stroboscopes du bar, pis j'suis martelé à grands coups de poing, au rythme des basses technogothiques assourdies par la façade de brique. La pièce se termine dans un crescendo de coups au ventre – gauche-droite, gauche-droite-jab! –, un pied en pleine dentition pour la grande finale.

Tabarnak. Si j'avais pas été aussi soûl, j'pense que j'me serais évanoui.

Fuck that.

— J't'avais averti de pas t'approcher de la créature du boss, grand chef. J'veux pu te revoir icitte, me lâche le sosie de Dwayne Johnson.

À moitié comateux, j'vois le gorille disparaître par la porte de service. Couché sur l'asphalte en position fœtale, baignant dans ma propre mare de sang et, accessoirement, de vomi, j'constate que finalement, la pluie s'est calmée au mauvais moment. Ça aurait aidé à me décrotter. Pis alors que j'me dis que j'ai tout fait ça pour rien, que j'vais rentrer bredouille à Kitchike en fucking loser, j'entends des pas.

J'me tortille un instant pour me rasseoir, m'adosse au mur, pis j'attends la suite de la raclée. Dans l'état où j'suis, pas question de fuir, pas question de m'défendre. Pis j'pas mal certain qu'y me reste quelques dents à détartrer. À ma plus grande surprise, c'est l'homme au jacket de velours qui s'avance. Le même grand innocent qui m'a carté à l'entrée du Halloway. J'remarque ses beaux souliers de cuir pour la première fois. J'ai le réflexe de l'avertir de pas marcher dans flaque de sang, mais j'me retiens. Y peut ben piler dans merde tant qu'à moi.

— Désolé pour le stratagème, Geronimo. C'est la meilleure idée que j'ai eue pour qu'on fasse ça incognito.

J'm'en vas le féliciter d'avoir utilisé un mot savant comme «stratagème», mais la réalité devient un peu plus floue. Sans crier gare, sans avertissement, y laisse tomber une enveloppe brune, trop proche de la flaque de pluie-sang-vomi à mon goût. J'la saisis rapidement pis la glisse dans mon pantalon, comme si ma vie tout entière dépendait de cette foutue enveloppe. Pis là, j'réalise que le combo Grand Marnier-raclée de ruelle a fait son œuvre, parce que j'comprends pu rien.

Le gars s'allume une zigoune et continue :

— Pas que ce soit de mes affaires, mais qu'est-ce qu'il t'a fait, au juste ?

J'masque mon inconfort en me gonflant le torse. Je tapote le cul de mon paquet de cigarettes pour en extirper un clou de tombe. Pis j'lui lance mon regard en coin à la Tarantino tout en lui présentant mon profil de grand-nez-de-Sauvage.

— T'as raison, c'pas de tes affaires.

Y laisse échapper un petit rire cinglant. Puis un grand. Le crétin au nice jacket a l'air de trouver la situation plutôt marrante. Au bout du compte, j'dois avouer qu'à sa place, j'm'esclafferais tout autant. J'laisse échapper une série de ricanements un instant, pis termine par un « fuck you » bien senti. Y reprend son air sérieux.

— Tu veux le faire chanter? J'suis pas nouveau dans le business.

— J'veux rien de ce gars-là. J'fais ça pour le cash, comme toi.

Le Blanchon au nice jacket a l'air déçu. Y voit bien que j'lui mens. Que j'déteste le gros chef autant que les chiens de réserve haïssent les pickups. J'suis transparent, même au fond de cette ruelle, édenté pis presque comateux. J'sais pas si c'est par politesse ou parce qu'y s'en câlisse ou juste pour pousser davantage le clou dans ma conscience, mais y me renvoie mes suppositions en pleine face:

— Qu'est-ce qui te fait dire que moi, j'fais ça juste pour le cash?

Je dois avouer que la question me surprend et ça doit m'paraître au visage. Bizarrement, j'ai jamais pensé que ce foutu blanc-bec pouvait avoir d'autres motivations que l'fric. Et pas juste parce que c't'un Blanc, non. J'supposais simplement que quiconque serait prêt à risquer sa peau pour défier les gens sur les p'tites photos et venir les livrer dans ce trou démentiel à un pur inconnu, un Sauvage de surcroît, devait être d'la vermine de bas étage en quête d'argent pour s'payer une nuit torride de jeunesses et d'patente.

Soudain, j'dois savoir.

— Pourquoi tu fais ça, alors? que j'lui siffle entre les dents.

— Qui sait? Peut-être pour le thrill. Pour mettre un peu de piquant dans ma vie. Ou peut-être que je suis juste un bon soldat.

Cette fois, c'est moi qui glousse. Pas trop fort et pas trop longtemps, parce que ça m'fait mal en chien à l'estomac, pis partout ailleurs où l'anesthésie liquoreuse a pas tenu bon.

— Les bons soldats sont pas curieux. Y'obéissent aux ordres, pis posent pas de questions.

Y se rapproche tout en prenant une touche, plie les genoux pour s'abaisser à mon niveau, pis me recrache une bouffée en plein visage.

— Peut-être que c'est plus simple que tu penses. Peut-être que ça m'amuse de vous voir vous entre-dévorer comme des chiens.

Y garde sa pose un instant, le regard plissé, les lèvres tendues. J'pense qu'il essaie de m'intimider en jouant au cowboy. Pff! de la pure mystification. Fumée et miroirs. Peut-être que j'me laisserais prendre si y maîtrisait le moindrement son jeu, mais c'pas le cas. J'dis peut-être, mais la vérité, c'est peut-être pas. Parce que dans le fond, ça changerait absolument rien. On n'a pas besoin d'un clisse de jacket de velours pour semer la bisbille. La tempête est prise sur la réserve depuis l'avènement de la sacro-sainte *Loi sur les Indiens*, y'a plus d'un siècle. Clisse de petit Blanchon au complexe de Napoléon, qui veut jouer à James Bond pour s'prouver qu'y vaut mieux que de carter les basanés qui s'présentent à son foutu nid de débiles.

Fuck that!

Ce gars-là, y'a rien contre nous autres. Non, c'est à son propre employeur qu'y'en veut. Y'a beau porter un nice jacket et jouer aux Sopranos, c't'un petit joueur. Un licheux de culs pour les bonzes qui tirent les ficelles. C'est l'Indien de service qui a même pas le luxe d'être Indien. Pis j'te parie qu'y souhaite tout autant que moi que les faces sur les photos sortent sur tous les canaux et tous les écrans. J'dois avouer que celle-là, je l'ai pas vu venir.

Une fois de plus, j'éclate de rire. J'm'esclaffe d'un grand rire libérateur même si j'crache tout le sang de mes poumons endoloris. J'ris à m'en claquer les vertèbres. J'fixe ses p'tits yeux de comédien de série B, pis j'y vide mon sac.

Y veut savoir pourquoi ? Y va le savoir.

La vérité. Toute la vérité et juste la vérité, votre honneur !

— La vérité c'est que le gros Saint-Ours, y m'a rien fait. Absolument rien, jamais ni dans aucune circonstance. Rien de mal, rien de bon. Y m'a jamais pris au sérieux, jamais envoyé la main. Mais j'ai vu ce qu'y fait à Kitchike. Comment y s'amuse à jouer au Bon Dieu avec la vie de tout un chacun sur la réserve. Comment y s'ingère dans absolument tout pour agréger chaque jour un peu plus de pouvoir, de contrôle, de cash, de privilèges. J'suis toujours resté muet.

« Comme le reste de la horde de zombies, j'ai fait semblant de rien voir pendant qu'y se remplissait les poches. J'l'ai vu liquider trois DG et la moitié des directeurs de la bande pour avoir refusé de couvrir ses crosses pis ses arnaques. J'l'ai vu piéger le chef de police avec des accusations de trafic de coke quand y'a voulu arrêter son gendre qui chauffait soûl le soir où la Cœur-Brisé s'est fait frapper. J'ai été un témoin passif quand y s'est mis à couper les salaires des p'tits fonctionnaires pour continuer à alimenter les avocats et les consultants qui financent ses élections.

« Quand y'a pas besoin d'eux autres pour les grandes revendications, y les utilise pour couper le sifflet aux opposants en les traînant en justice pour diffamation. Ça l'empêche pas d'être jet-set et de voyager sur tous les continents pour proclamer à quel point on fait pitié.

« Et le pire de tout, la goutte qui a fait déborder le vase déjà plein à ras bord : y'a fermé l'école primaire à mi-temps pour manque de fonds, tout en octroyant une subvention de démarrage à sa propre business ! No more, câlisse, no more !

« Sa photo de grand prince du Canada est placardée partout sur la réserve. Pis y'a personne qui a le guts de tenir tête à ce clisse de bandit. Dans notre foutu régime communiste de république de dindons pas de tête, les gens savent que s'ils veulent une maison, un prêt, une job, un territoire de chasse, un vaccin, une heure au terrain de balle, un kiosque au pow-wow, ou juste être capables de louer la salle communautaire pour le mariage de leur fille, y doivent se fermer la gueule. Pire, y faut chanter la même toune que Saint-Ours, au diapason pis au même rythme, même si on connaît pas les paroles. Ben câlisse, NO MORE !

L'homme au jacket de velours laisse tomber sa cigarette dans la flaque d'eau, puis exhale lentement, longuement, la fumée accumulée dans ses poumons. Avant de s'défiler, y confesse :

— T'avais raison, Geronimo. Finalement, j'veux exactement la même affaire que toi.

J'suppose qu'y'a pas tant de différences entre la manière dont on gère une réserve, une business ou le crime organisé. Du pareil au même. Un peu comme à la belle époque « des Europes ». On cache son hypocrisie avec une bonne couche de romantisme. Son odeur de rat, avec d'la rance fleurie. La vérité, c'est peut-être qu'on a tous été corrompus jusqu'à l'âme, si la chose existe.

J'écrase ma zigoune, pis j'disparais moi aussi.

J'rentre à l'hôtel, bandé comme un chevreuil, la tête remplie de bonnets de dentelle, la dentition légère, pis les mains sales. J'aurais dû faire comme dans les films d'époque pis me mettre des p'tits gants blancs. À soir, j'vais mal dormir. Mais demain...

Demain, Wabush, tu vas être de retour dans ta fucking réserve, les p'tites photos dans tes poches, pis ça sera pas toi le p'tit serin qui va chanter.

Fuck you, gros chef.

L'HOMME QUI FAIT DANSER
LES ÉTOILES

Yawendara n'était pas venue pour la musique. Elle était là pour le jeune homme, celui de l'affiche. Pour lui, et le secret qui était le sien. Doucement, elle souleva la tasse et prit une gorgée de sa tisane aux bleuets. Tiède. Elle patientait depuis quelque temps. Pourtant, l'attente ne la dérangeait pas. Dissimulée dans la foule, la jeune femme prit un certain plaisir à observer l'artiste, qui venait tout juste de monter sur scène. Les cheveux du jeune homme étaient lissés et attachés en deux longues tresses de chaque côté de son visage. Il arborait un chapeau melon décoré d'une broche d'argent et de quelques plumes de dinde teintes en rouge. En dessous, ses traits étaient rudes et sévères. Son nez aquilin surplombait des lèvres effacées. Il paraissait jeune. Dix-huit, peut-être dix-neuf ans, tout au plus.

Le Wampum Café était un endroit tranquille. Une petite salle de spectacle sise en périphérie de Kitchike où s'attardaient les poètes, les excentriques et les passionnés d'art de la réserve, de même que les Indians lovers de la ville avoisinante. Bonne bouffe, café passable, bière de qualité à prix acceptable. Décor néo-indigène de bon goût pour ceux qui ne souhaitaient pas se morfondre dans le folklore de piètre acabit. C'était certainement l'endroit le plus branché de la communauté, ce qui, au dire des mauvaises langues, n'était guère significatif vu l'absence notable de compétition. N'empêche, l'établissement présentait à l'occasion des spectacles d'un calibre plus que décent. Ce soir-là, l'établissement recevait un jeune virtuose de la guitare. Sur le mur, une affiche en couleurs le présentait comme étant *Teandishru', l'homme qui fait danser les étoiles*. Le jeune homme avait offert des performances dans les différents festivals autochtones du pays et rentrait chez lui, triomphant, pour terminer sa tournée devant un public conquis d'avance, une cinquantaine de personnes rassemblées entre les murs de pierre cloisonnant la salle.

Après quelques mots de présentation – « Merci d'être venus en si grand nombre », « C'est un plaisir de jouer chez moi ce soir » et autres pieux mensonges et clichés obligés –, il commença finalement sa prestation. Assis sur son petit tabouret de bois, Teandishru' glissa savamment ses doigts le long des cordes pour en extraire quelques sonorités vives et exaltantes. Non, Yawendara n'était pas venue pour la musique, mais la musique vint à elle. Comme le reste du public, elle fut bientôt submergée par les notes exquises qui inondaient ses oreilles en une succession de vagues euphorisantes. La splendeur de la mélodie la transportait ailleurs, loin, dans cet espace serein qui borde les différents états de conscience. Loin, oui, mais pas assez.

Les petits yeux du musicien, légèrement bridés, brûlaient d'une passion sans borne qui se manifestait à chaque nouvelle note. Sous la douche de lumière bleutée qui perçait les ténèbres de la salle, Yawendara ne voyait plus l'interprète, mais un possédé, un exalté. La musique n'était certainement pas qu'un métier pour Teandishru'. Elle était une nourriture, une essence vitale qui l'envoûtait et qu'il chérissait du plus profond de son être. Le jeune homme s'abandonnait aux mélodies, se laissait consumer par la symbiose qui l'unissait à sa guitare, et qui lui permettait de créer, le temps d'une pièce, la genèse d'un tout nouvel univers. La jeune femme n'avait jamais vu une telle fusion entre un homme et son instrument. La musique transfigurait le jeune homme en une créature céleste, un oki intangible, une pureté de rythmes et de vibrations, de beauté et de pouvoir. Yawendara était hypnotisée par la prestation. Le temps sembla s'arrêter, les pièces s'enchaînant dans un rêve symphonique qu'on ne veut pas quitter.

Toujours assise, les mains posées sur les cuisses, le menton haut, Yawendara n'était plus là. Son esprit vagabondait dans le vide lumineux de la transcendance, dansant d'une sphère à l'autre. Là-haut, son essence tentait de discerner le contenu des différents univers en scrutant leurs parois, sachant depuis longtemps que pour de telles sphères, le contenu est à l'image du contenant, une simple projection tridimensionnelle d'un espace-temps limité à deux dimensions. Mais elle ne pouvait s'attarder assez longuement devant aucun des univers pour y deviner un chez-soi, tant la danse cosmique l'entraînait de plus en plus haut dans les zones de conscience.

Alors que les mains de Teandishru' s'éternisaient sur la dernière note de la dernière pièce, les applaudissements envahirent la salle. Yawendara, épuisée, rouvrit les yeux. Elle était de nouveau coincée à Kitchike. Égarée. Expatriée. Perdue. Devant la foule, la force mystique avait disparu : il n'y avait plus que Teandishru', un jeune homme qui était à l'antipode de tout ce qu'il y avait de charismatique. Yawendara se rappela alors qu'elle n'était pas là pour la musique. Elle laissa échapper un profond soupir. Le moment des présentations était venu.

***

Épuisé, mais en extase, Teandishru' s'écrasa sur le canapé de la loge. Serviette au cou, l'homme détacha quelques boutons de sa chemise, puis ferma les yeux un instant. L'auditoire avait apprécié sa prestation. Pour la troisième fois cette semaine, il avait fait salle comble. Il est vrai que cela n'était pas un exploit en soi : le Wampum Café ne comptait guère plus d'une cinquantaine de sièges. Néanmoins, il était satisfait. Non, il était fier. Fier et confiant en l'avenir. La veille, le directeur de l'établissement lui avait affirmé qu'un recruteur d'une grande salle de l'Ouest avait assisté à la prestation. Ce dernier avait été profondément ému et touché par la performance du jeune musicien. Teandishru' pouvait déjà s'imaginer sur la scène de la prestigieuse institution. Selon le directeur, on n'y présentait que les artistes les plus prometteurs, de quoi faire rêver tout musicien œuvrant en territoire non commercial. Teandishru' avait devant lui un brillant avenir et il le savait. Il pouvait le visualiser, le sentir, presque toucher ce rêve qu'il portait en lui.

Une odeur inhabituelle le tira de ses rêveries. Un parfum épicé et fruité caressait tout à coup ses narines. Teandishru' ouvrit les yeux, puis se retourna. Debout, près de la table de maquillage, se tenait une jeune femme. Elle devait avoir quelques années de moins que lui, probablement seize, dix-sept ans. La jeune femme était d'une beauté à inspirer les plus grandes mélodies. Ses cheveux droits et coupés aux épaules étaient d'un noir profond, tout comme ses grands yeux. Elle était vêtue d'une robe en velours foncé où étaient brodés différents boutons et courbes de fleurs, probablement en poils d'orignal ou en crin de cheval. Les traits de son visage étaient fins. À la regarder, on aurait pu croire que la beauté de la Création tout entière n'était qu'un hymne composé en son honneur. Surpris et séduit, Teandishru' fut obnubilé par cette vision. S'il était trop épuisé pour un coup de foudre, il ressentit néanmoins le tonnerre gronder en lui.

— « L'homme qui fait danser les étoiles », ironisa la jeune femme. Je te croyais plus grand. Et plus vieux. On ne peut se fier à la publicité.

Teandishru' réalisa qu'il la fixait, béat. Et qu'elle venait de s'adresser à lui.

— Tu travailles ici?

La jeune femme ne dit mot. Elle se contenta de sourire, tout en secouant lentement la tête de gauche à droite en signe de négation.

— Tu t'intéresses à ma musique?

Elle éclata de rire comme une gamine, ce qu'elle était presque, en fait.

Teandishru' sentit l'insécurité se resserrer contre sa nuque.

— Alors, tu n'as rien à faire ici ! trancha-t-il tout en se relevant du canapé. Cette loge est réservée aux artistes et à leurs invités.

— Oh ! on m'a invitée, Teandishru'. Tu m'as invitée, précisa-t-elle d'un air mystérieux.

Pour une raison inconnue, cette beauté intemporelle lui donnait maintenant la chair de poule. Son regard, pourtant étincelant, le faisait frissonner, comme si une aura mystique nimbait la jeune femme. Il hésita, se retint un instant d'appeler la sécurité, puis laissa échapper un soupir de résignation.

— Je suis fatigué. Je te demanderais de sortir. Sinon, je…

Le visage de la femme s'assombrit. Il ne devint pas nécessairement méchant, seulement de marbre.

— Tu ne te débarrasseras pas de moi avec des menaces. Dans un autre temps, alors que je n'étais qu'une enfant, j'ai affronté des géantes de pierre. J'ai survécu à une horde de morts-vivants. J'ai parcouru les dédales de la forêt des Têtes-Coupées et j'ai fait face à Fils-d'Agreskwe. Alors, les menaces d'un enfant ne m'impressionnent guère.

— Hé ! J'ai dix-neuf ans et suis sûrement plus âgé que toi ! Tu me diras aussi que tu as combattu les têtes-volantes à mains nues ? Que tu t'es transformée en ours géant pour affronter un saule mangeur d'hommes ? Je suppose que tu te nommes *Yawendara* ? On n'est pas dans un conte pour enfants !

— Non, répondit la jeune ténébreuse. N'empêche que, pour les têtes-volantes et le saule mangeur d'hommes, tu as raison : ce n'est jamais arrivé. Pour le reste, c'est vrai. Et je *suis* Yawendara.

Était-elle sérieuse ou était-ce seulement une mauvaise blague ? La mère de Teandishru' était originaire de Wendake. Il y avait passé plusieurs années de sa jeunesse. *Yawendara et la forêt des Têtes-Coupées* était au programme de la sixième année. Il se souvenait vaguement des péripéties du roman, de même que d'autres aventures que ses compagnons et lui avaient dû inventer comme exercice. Même dans ses rêveries d'enfant, jamais il n'aurait cru que le personnage puisse prendre vie et venir cogner à sa porte. Ou plutôt, se faufiler sournoisement dans sa loge. La situation reposait soit sur un humour plus que douteux, soit sur un cas relativement sévère de schizophrénie. Le musicien préférait pencher pour la première option, car la seconde supposait une autre question : qui des deux en était la véritable victime ?

— Je connais aussi *Hansel et Gretel*, jeta Teandishru'. Dis-moi, c'est parent avec toi ?

— Je ne crois pas, hésita Yawendara. Je ne suis pas venue pour parler de ces temps lointains. Je suis venue pour toi. J'ai des questions et je reste jusqu'à ce que j'entende les réponses.

Teandishru' l'observa un long moment, cherchant désespérément une façon de se débarrasser d'elle sans causer un esclandre. Son silence s'étira et il ne put soutenir davantage le regard de la jeune femme. Il était épuisé et la faim le tiraillait. Il abdiqua. Elle était peut-être cinglée, mais ne semblait pas dangereuse. Et puis, elle était plutôt agréable à regarder.

Il soupira.

— D'accord, attends-moi du côté bistro.

***

Après s'être douché et changé, le jeune musicien rejoignit Yawendara du côté restaurant. Le menu y était restreint, mais la fin de semaine, la cuisine était ouverte jusqu'à onze heures. Et puis, on pouvait y déguster la meilleure sagamité de toute la province, chose qu'il n'aurait jamais osé avouer à sa mère, de peur de la contrarier.

Les yeux fins de Yawendara analysaient l'artiste. Le jeune homme était arrogant et sûr de lui. Le charisme qu'il dégageait sur scène s'était complètement dissipé. Elle aurait pu croire qu'il s'agissait d'une tout autre personne.

— Alors ? Qu'est-ce qui t'a poussée à t'introduire dans ma loge et à me séquestrer ? dit-il d'un ton farceur.

Yawendara sourit, puis lança :

— L'amulette que le vieil homme t'a donnée. Un globe de verre attaché à une chaîne de foin d'odeur. Elle m'appartient.

Teandishru' allait avaler une autre cuillerée, mais arrêta l'ustensile à mi-chemin entre son bol et sa bouche. Il leva un sourcil.

— L'amulette ? s'écria-t-il, atterré. Tu es venue à moi pour un vulgaire bijou ?

— Exactement ! Je passais près d'ici et j'ai senti quelque chose... quelque chose de fort, de puissant. Quelque chose d'instinctif m'a attirée vers ta réalité. Je me suis approchée, puis en observant la paroi de ton monde, j'ai vu le vieil homme t'offrir... mon amulette !

De la bouche de Teandishru' s'échappait goutte à goutte la cuillerée de soupe qu'il n'avait pas eu le temps d'avaler. Lentement, il referma la mâchoire, mastiqua les quelques morceaux de viande restants, puis avala difficilement.

Yawendara semblait ignorer le caractère totalement insensé de ses propos. Il y avait sûrement autre chose. Comment pouvait-elle savoir que son oncle lui avait offert un collier ? Comment pouvait-elle le décrire si précisément ?

— Tu m'espionnes ? dit-il, défiant.

— Mais non ! Je sais que le vieil homme a trouvé mon amulette et qu'il a décidé de te l'offrir. Probablement qu'il voyait quelque chose en toi. Ta musique est puissante. Il doit y avoir un homme-médecine dans ta famille pour que tu sois un tel oki.

Teandishru' figea. Ses doigts grattaient nerveusement le napperon de papier. L'agacement avait fait place à une peur lourde et saisissante. Il ignorait comment cette jeune femme qui, de surcroît, affirmait être le personnage d'un roman de son enfance, savait tant de choses à son propos. Ce n'était pas réel. Cela ne pouvait pas être réel. Il devait rêver, voilà. Exténué, il devait s'être endormi dans sa loge et était en train de rêver. La serveuse le sortit de sa stupeur :

— Un peu de pain, ici ? Un morceau de banique ?

Les yeux toujours fixés sur Yawendara, il expédia la serveuse d'un signe de la main, puis s'exclama :

— Es-tu seulement réelle ?

— Bien sûr ! Si seulement tu n'étais pas aussi superstitieux, avec ton matérialisme rudimentaire, tu comprendrais.

— Wô ! Un personnage de conte de fées me traite de superstitieux ?

— C'est toi qui parles de conte de fées. Moi, je suis Yawendara. Si dans ton monde vous n'avez de moi qu'un simple écho, il est possible que j'aie inspiré un conteur, un écrivain ou, encore mieux, un cinéaste, comme vous dites. Je n'en demeure pas moins extrêmement réelle.

Devant le scepticisme ébahi de Teandishru', elle tendit sa main, comme si elle voulait prouver son point une fois pour toutes. Elle insista d'un signe de tête. Le musicien obtempéra. D'abord légèrement, puis plus vigoureusement, il lui serra la paume, puis la main tout entière.

— Ouch ! Je t'ai dit de me toucher, pas de m'arracher un doigt !

— Désolé.

— Alors on s'entend : je suis réelle ?

Il acquiesça, toujours aussi bouleversé. À vrai dire, Teandishru' n'était plus sûr de rien.

— Tu dis que tu es Wendat, reprit Yawendara.

— Ma mère l'est.

— Ta mère, d'accord. D'où je viens, si ta mère...

— Moi, je suis Kitchikeronon.

— Connais pas. Peu importe. Si tu es Onkwehonwe, tu dois savoir que ce que l'on peut voir avec nos yeux n'est qu'une infime partie de la réalité.

— De belles superstitions, riposta le musicien.

— Je parle de science! De nouvelles réalités éclatent et naissent dans le brasier originel à chacun des souffles du Multivers. Serait-il si étonnant que mon empreinte profonde ait été diffusée sur plus d'une fréquence? C'est juste qu'ici, il n'y a qu'un écho de moi-même. Je viens d'ailleurs, d'un autre monde, mieux ordonné qu'ici, plus beau et plus libre et tellement, tellement...

— On devrait vraiment t'interner.

— Mais si je ne suis qu'un personnage de fiction, issu de l'imagination d'un auteur, que pourrait-on retenir contre moi?

C'en était trop pour le jeune musicien. Sa tête tournait et la nausée le prenait à la gorge. Il devait finir cette conversation au plus vite. Et fuir, loin de cette jeune beauté qui lui embrouillait l'esprit.

Teandishru' prit son sac, y plongea la main, tapota le fond un instant, puis en ressortit l'amulette que son grand-oncle Roméo lui avait offerte. Tel un éclair fracassant la pénombre d'un ciel orageux, la salle à manger du Wampum Café fut transpercée d'un éclat de lumière, aussi soudain, bref, qu'intense. Teandishru' figea. Il possédait le pendentif depuis quelques jours, mais jamais il ne l'avait vu briller ainsi.

Yawendara ne montra aucun signe de surprise.

Elle allongea la main, saisit l'amulette et la couvrit de ses paumes pour en atténuer l'éclat.

La jeune femme attacha la délicate tresse de foin d'odeur à son cou, puis cacha le bijou sous sa robe. Ses yeux profonds s'illuminèrent de mille feux. D'un mouvement qui sembla durer une éternité, ses délicates paupières les recouvrirent tendrement. Un sourire se dessina sur son visage, qui n'avait jamais semblé aussi beau. Une larme glissa le long de ses cils, puis s'en détacha pour chuter lentement, longuement, vers son bol de soupe. Lorsqu'elle atteignit finalement le bouillon, un son sourd et grave se fit entendre. Une onde de choc retentit dans la pièce, créant une bulle d'immobilité dans laquelle tous se trouvèrent pris, figés.

Tous, sauf Yawendara et le musicien.

— Et maintenant, Teandishru' ? Tu te crois plus réel que moi ? Et ces clients, cette serveuse ? Tu crois toujours que tout ton monde est plus réel que le mien ?

Les yeux du jeune homme firent un tour d'horizon, scrutant brièvement chacun des clients immobilisés dans la bulle sonore, comme s'ils n'étaient que des personnages d'un film qu'on aurait mis sur pause. Effectivement, plus rien ne semblait réel.

Teandishru' réalisa que la panique ne l'habitait plus.

La chaleur réconfortante de l'amulette de Yawendara avait calmé la peur qui avait sévi au plus profond de son être. Les révélations troublantes de la jeune femme ne l'effrayaient plus. Bien au contraire. Teandishru' était de nouveau en paix, comme lorsqu'il s'abandonnait à la musique.

Il se surprit à songer à son grand-père. Un souvenir, une sensation précise, distincte. Il n'avait que cinq ans, une nuit de pleine lune, aux abords d'un feu sacré, les roches ardentes aspergées d'une pluie d'eau de cèdre. La chaleur réconfortante de la loge. Voilà ce qui l'habitait en ce moment précis, dans cette bulle vibrant d'un ton grave. Et comme lorsqu'il était enfant, il se permit de douter. Douter du monde qui l'entourait, de ses règles, de tout ce qu'il avait appris, de ce qu'il avait tenu pour acquis. Et soudain, le monde lui semblait neuf et merveilleux. Le monde lui offrait une myriade étourdissante de possibilités. Tant de questions se bousculaient en lui. Il ne savait pas par où commencer, alors il fit acte de foi et s'en remit à la jeune femme, comme il l'avait fait avec son grand-père il y a si longtemps.

— J'ignore par où commencer, avoua-t-il. Quelle question devrais-je poser pour que tu me répondes franchement ? Est-ce que... c'est permis ?

— Beaucoup de choses ne devraient pas l'être, répondit Yawendara. Ma présence ici, par exemple. Mais tu as lu à propos de moi, alors tu dois déjà savoir que ça ne m'a jamais arrêtée. Pas lorsque je suis convaincue de tout mon être de la droiture de mes motivations et de mes actions. Et puis, ton monde m'intrigue. Ton village, ta nation...

— Qu'est-ce que tu veux dire ? C'est mon village, mon petit univers, là où j'ai été élevé...

— Ça n'existe pas chez moi. Ni dans aucun autre univers que j'ai pu observer. J'ai d'abord cru à une mauvaise blague. D'ailleurs, à quelle langue appartient ce nom, *Kitchike* ? Qu'est-ce que ça veut dire ?

— Je l'ignore, avoua le musicien. Je ne parle pas ma langue.

— Et quelqu'un ici le sait ?

— C'est un vieux mot. Personne ne s'en souvient.

— Je parle au moins sept langues, et je peux t'assurer que le mot n'appartient à aucune que je maîtrise. On dirait un mot inventé. Artificiel. *Kitchi-* a une sonorité algonquienne. En atikamekw ou en cri, ça signifie « puissant ». La finale en *-ke* est un suffixe locatif dans les langues iroquoïennes. Ça signifie « là où il y a telle chose ».

— Qu'est-ce que tu insinues ? Que ma nation n'existe pas ? Qu'on a été inventés de toutes pièces... comme toi ?

— Les Wendat existent dans la majorité des univers que j'ai pu observer. Dans plusieurs, notre civilisation s'est étendue au-delà du système solaire !

— Alors, ça devrait me réconforter de savoir que je suis au moins à moitié réel ? s'offusqua le musicien.

— Teandishru', je ne cherche pas à t'insulter, à te troubler ou à te déplaire. Mais seule une profonde prise de conscience te permettra de trouver ta véritable voie.

L'esprit de Teandishru' s'affola un instant, tentant de saisir toute la portée des propos de Yawendara. S'il suivait sa logique, si on pouvait trouver une quelconque logique dans ses propos, alors il ne serait qu'une espèce de Malamek ? Et Kitchike, un autre Kinogamish ? Comme dans *Wulustek*, de Jenniss. *Mesnak*, de Sioui Durand. Son monde tout entier ne serait que le simple résultat d'un procédé d'essentialisation utilisé pour aborder la situation générale des peuples autochtones dans une fiction dramatique ? Aussi impossible que cela pût paraître, l'idée lui sembla soudain séduisante, possible, vraie.

— Tu vois, lui dit doucement Yawendara, ton monde n'est pas plus réel que le mien. Pas dans sa présente forme. C'est seulement... une représentation en basse résolution d'une autre réalité. Distordue, malléable, sculptée à partir d'un écho provenant d'ailleurs, probablement incarnée grâce à un procédé de création individuel. C'est courant. Plus que tu ne le crois.

— Tu veux dire que moi aussi, j'ai été créé de toutes pièces ? Que je suis le produit de l'imagination d'un auteur ?

— Du moins, c'est ce que je croyais. Mais en t'écoutant jouer plus tôt, en constatant ton pouvoir, je me suis mise à douter. Le processus est peut-être plus réciproque que je ne le pensais.

— Voilà que tu me perds encore !

— Et si c'était l'inverse ? continua Yawendara. Si l'ampleur de nos élans exhibitionnistes et notre besoin maladif d'attention étaient combinés à notre volonté de croire en quelque chose de plus grand que nous... Et si c'était nous qui inventions nos créateurs et notre public ? Juste pour nous sentir moins seuls. Juste pour avoir l'impression que notre vie a un sens pour quelqu'un, quelque part ?

Toujours bordé par la douce bulle vibratoire, réchauffé par l'aura du doux soleil de Yawendara, le musicien prit le temps de réfléchir à chacun des mots de la jeune femme.

Le silence se prolongea un instant, vibrant au diapason de la sphère d'intemporalité. Pour la première fois, Teandishru' perçut clairement le doute de Yawendara. Une question lui brûlait les lèvres, mais il en connaissait déjà la réponse :

— Tu ne devrais pas être ici, n'est-ce pas ?

La jeune femme hésita, s'agita un instant sur son siège avant de reprendre sa posture, haussa légèrement les épaules, puis avoua :

— Bien sûr que non. Je devrais être chez moi, dans mon univers.

— Alors, pourquoi n'y es-tu pas ? Pourquoi est-ce que ton amulette s'est retrouvée ici, chez moi ? Pourquoi as-tu été... désancrée ?

La jeune femme éclata en sanglots. Ses larmes se déversèrent en un torrent qui inonda la soupe, brisant du même coup la bulle d'immobilité.

Autour, les clients et le personnel reprirent vie, comme si rien n'était jamais arrivé.

Teandishru' sursauta.

Yawendara ne sembla pas le remarquer. À travers ses sanglots, elle déballa tout, tout ce qu'elle avait vu en rêve.

— Il y a eu une irrégularité. Mon essence a été capturée, arrachée à ma réalité, puis diffusée sur toutes les fréquences. Depuis, mon Créateur pleure jour et nuit. Comme si on s'était approprié son âme. Il ne mange plus, se laisse aller. Il vit en reclus, en ermite, tels un Robinson, un clochard, une bête de curiosité. Je dois le retrouver. Arranger les choses. Faire cesser cette douleur. Je veux remonter jusqu'à l'univers de mon Créateur pour tarir ses larmes.

Le musicien l'écouta sans réagir, sans commenter. Elle semblait si fragile, si humaine, si pure. Peu importait les foules qui l'attendaient dans l'Ouest, peu importait la carrière à laquelle il pouvait aspirer ici, peu importait les rêves qu'il avait pu chérir quelques heures plus tôt. Tout cela n'était plus pour lui qu'illusion. Tout ce qui comptait maintenant était devant. Tout ce qui comptait était la vérité, telle que révélée par les lèvres de cette jeune femme.

Et tout ce qu'il désirait, du plus profond de son âme, était de connaître l'extase de l'accompagner dans sa quête.

— C'est pourquoi tu as besoin du pouvoir de l'amulette que t'a remise Petite Tortue ? conclut Teandishru', se remémorant le roman de son enfance.

— Non, l'amulette n'est qu'une boussole. Pour voyager dans les zones supérieures de conscience, je n'ai besoin que de pouvoir. Je n'ai besoin que de toi, dit-elle en séchant ses dernières larmes. Tu viens ?

***

Devant un feu de joie, quelque part dans les boisés de Kitchike, Teandishru' s'assit au sol, guitare en main, et commença à faire chanter son instrument. Peut-être était-il la créature de l'imagination de quelqu'un d'autre, mais il était aussi un artiste, un créateur. Et c'est cette prise de conscience qui changea absolument tout pour lui. Il n'était pas qu'un pantin, non. Il était un acteur, un ouvrier dans un terrier divin, un embranchement de racines unissant les âges d'un même arbre. Maintenant qu'il pouvait percevoir le système dans lequel il s'imbriquait, il pouvait se libérer de ses chaînes et s'envoler vers des niveaux supérieurs de conscience. Et surtout, jouer son véritable rôle : naviguer dans l'infini et en explorer toutes les possibilités, toutes les histoires, tous les récits sublimés du brasier originel.

— Et pour les légendes ? Pour toutes nos histoires qui nous sont transmises depuis des siècles et qui n'ont pas d'auteurs ?

— Je l'ignore. Peut-être que ce sont des mondes plus durables, des univers stabilisés, en autarcie, qui n'ont pas besoin d'un créateur pour les alimenter. Parce qu'ils se trouvent au sommet de l'échelle de conscience... Ma tête va exploser ! Tu es prêt ?

Si le musicien avait été inventé par des personnages en manque d'attention, il leur en était reconnaissant. Il était temps pour lui de quitter le lieu de sa naissance et de créer des courants vers de nouveaux mondes, où il pourrait dessiner le contour de ses lecteurs et, le plus important, de son Créateur. Il en était convaincu de tout son cœur : là résidait sa destinée. Néanmoins, il se rendit soudain compte qu'il ne savait pas naviguer dans ces contrées. Il lâcha les cordes de son instrument et se leva.

— Attends, avant, dis-moi, comment ça fonctionne quand on quitte une bulle-univers ?

— Ne t'en fais pas pour le décollage. Mais méfie-toi de l'atterrissage. Une fois que tu as percé une brèche dans le toit d'un monde, tu te retrouves en chute libre.

Yawendara s'attacha les cheveux en couette, puis libéra l'amulette de sous sa robe. Teandishru' ferma les yeux et s'abandonna à son instrument. Le bijou, incandescent, brillait de plus en plus vivement à chaque nouvelle note jouée par le musicien. La lueur du petit soleil rejoignit celle du feu et, bientôt, les deux jeunes furent entièrement baignés de lumière.

— Je fais comment pour survivre à la chute ?

— Faut que t'aies la foi, Teandishru'. Tu dois croire.

— En quoi ? En toi ?

La jeune femme sourit, taquine.

— Non, croire que tu peux faire danser les étoiles.

Et la lumière, mélodieuse, les effaça de cette sphère d'existence pour les transporter au cœur du bain originel.

Dans le petit univers de Kitchike, personne ne les revit. Certains prétendent qu'ils s'exilèrent dans l'Ouest et perdirent leur âme dans le Downtown Eastside. D'autres, que Teandishru' se convertit et cessa de faire chanter sa guitare. Les Anciens, qui discernent la complainte des Pléiades, connaissent une autre vérité.

Ils disent qu'ils vécurent heureux, là où baignent toutes les réalités, et qu'ils y inséminèrent des milliers d'enfants à travers le temps.

LA GRANDE DÉBARQUE

Le chef Saint-Ours replaça de ses grosses pattes moites les lunettes que l'énervement et la sueur avaient fait glisser sur le bout de son nez. Une fois de plus, il inspecta les photos échouées sur son bureau. Il y trouva exactement la même chose que les douze fois précédentes. Son souper d'affaires au ranch. Lui, le Banquier, l'Investisseur, l'Avocat et l'autre. L'autre dont on ne doit pas dire le nom. Tous les gens liés de près ou de loin au mégaprojet récréotouristique de Poste-au-Chien-Blanc. Difreddi. Merde, il l'avait dit. Difreddi.

— Jac-que-li-ne! hurla le chef de tous ses poumons, avant que sa secrétaire ne débarque avec empressement, café à la main, dans son somptueux bureau.

Elle était anxieuse, agitée plus que d'habitude, mais le chef Saint-Ours ne le remarqua pas.

— Enfin, se contenta-t-il de dire, et pas trop tôt. Maintenant, chère Jac-que-li-ne, notre temps de réaction est compté. Si tu veux toujours avoir de quoi nourrir tes quatre avortons d'ici la fin de la journée, je te suggère de bien vouloir convoquer chacun des conards sur cette liste. Et dans cet ordre. Pour ce matin, évidemment, parce que quand les médias vont débarquer ici, y'aura pas de lendemain.

I

Jakob le vaurien se pointa calmement quelque quinze minutes après avoir reçu le coup de fil de Jacqueline. Faut dire qu'il n'avait ni travail régulier ni passion le retenant, ni chez lui ni ailleurs, alors quand le chef le convoquait, il pouvait supposer que peut-être il y aurait pour lui une petite jobine ou au moins une anecdote croustillante à se mettre sous la dent. Et l'anecdote, Jakob l'apprit sur le chemin menant aux bureaux du Conseil, en arrêtant chez Alphonse Gaz Bar. Il réalisa sur-le-champ qu'elle était plus casse-gueule que croustillante, que c'était le genre d'anecdote avec laquelle on peut facilement s'étouffer et trépasser, mais comme ce n'était pas lui qui s'étoufferait avec, il se permit d'entrer dans le bureau du chef avec sa bonhomie modérée habituelle, ce qui ne manqua pas d'énerver davantage Saint-Ours.

— C'est quoi le pouls? Qu'est-ce que les gens disent au Gaz Bar? Est-ce qu'on peut circonscrire les dommages?

— Tout le monde est au courant, chef Saint-Ours. Ça m'a pris exactement quinze minutes à me rendre icitte et j'suis pas mal certain que même les chiens passent le mot. D'ailleurs, si on était n'importe où ailleurs, il y aurait probablement une foule enragée devant le Conseil de bande en train d'exiger votre démission.

— Mais encore?

— Vu qu'on est à Kitchike, j'suppose que les gens vont juste mémérer en attendant patiemment que la Sku débarque ou que le ministre vous éjecte de votre siège par décret.

— Pis tu trouves ça drôle ? Ça te fait plaisir, p'tit vaurien ?

— J'peux pas dire que ça me fait particulièrement plaisir. Mais, oui, j'trouve ça assez drôle que vous ayez passé votre premier mandat à vous plaindre des crosses de votre prédécesseur, et que vous vous fassiez prendre à votre deuxième. Faut pas m'en vouloir, l'ironie, c'est tout ce qu'on a ici pour pimenter notre vie. Alors pour ça, j'vous dis merci.

— C'est qui ? Qui a fait ça ? Fouineux comme t'es, tu dois bien avoir une idée ?

— J'connais personne sur la réserve qui est en contact avec ce monde-là, chef Saint-Ours. À part vous, évidemment, ce que j'ignorais hier encore. J'pensais justement que vous alliez m'éclairer là-dessus.

— Si j'le savais, j'aurais pas besoin de toi ! hurla le chef en dénouant sa cravate.

— OK, OK ! No stress ! Alors pour l'entretien de votre piscine, ça me fera plaisir de continuer à m'en occuper même quand vous serez en prison. Même tarif pour les trois prochaines années, mais à un moment donné, faudra calculer l'inflation...

— Décrisse ! beugla Saint-Ours, le visage rouge comme un piment.

Et effectivement, Jakob le vaurien obtempéra, et décrissa.

II

L'Avocat répondit par la voix de sa secrétaire qu'il ne pourrait malheureusement pas rencontrer ni représenter le chef Saint-Ours à cause d'une apparence de conflit d'intérêts, mais lui suggéra avec insistance un autre membre de son cabinet, ce qui mit le chef encore plus en colère que Jacqueline ne l'eût cru possible.

Après avoir invoqué en vain le nom de chacun des douze apôtres, des huit saints martyrs canadiens, et même celui de la bienheureuse devenue sainte Kateri Tekakwitha, il décida de façon assez subite et unilatérale de briser tout lien d'affaires avec la firme qui avait pourtant financé chacune de ses campagnes électorales en déclarant que si son « vieil ami » ne venait pas au procès en tant que conseiller juridique, il y serait en tant que complice. Saint-Ours était relativement certain d'avoir raccroché plus vite que la nouille à l'autre bout du fil, mais pour s'en convaincre, il reprit le combiné et le frappa trois fois contre l'appareil, tout en beuglant de façon très peu chrétienne le nom de son Sauveur.

III

L'Investisseur était un ancien maître d'école de la ville avoisinante, célibataire, sans enfant, et nouvellement retraité, qui avait pris l'habitude, depuis quelques années, de diversifier ses sources de revenus en investissant son bas de laine dans différentes entreprises plus ou moins recommandables. De nombreuses opportunités d'affaires lui avaient d'ailleurs été offertes par l'un de ses anciens élèves, un prestidigitateur de la réserve qui maîtrisait particulièrement bien la magie des nombres, surtout l'art de les faire disparaître et réapparaître au moment opportun. Et c'est par l'intermédiaire de cet Indien qui, selon lui, ne l'était que de nom, que l'Investisseur avait connu le chef Saint-Ours. Depuis, il avait rencontré ledit chef à quelques reprises au ranch ou à la Cité, mais, pour ne pas éveiller de soupçons, jamais sur la réserve ni à la ville avoisinante. Aussi, c'est avec un vilain agacement qu'il accueillit la requête de Saint-Ours de se présenter à ses bureaux dans les plus brefs délais.

L'Investisseur raccrocha le téléphone, avala son dernier bout de croissant, serra le pot de confiture dans le réfrigérateur, et prélava soigneusement sa vaisselle et ses ustensiles à l'eau tiède. Il enleva sa chemise pour se brosser les dents, scruta son sourire pour évaluer la nécessité d'utiliser la soie dentaire, décida que c'était superflu, se laissa agacer un instant de trop par le continuel dégarnissage de sa pilosité crânienne, déposa trois cravates sur sa chemise pour tester l'agencement des couleurs, choisit de n'en porter aucune, mais renfila tout de même ladite chemise. Il se laissa tenter par un joli expresso au col généreux avant de prendre la route, ce qu'il regretta amèrement lorsqu'il découvrit, une fois dans le bureau du chef, quelques gouttes brunâtres sur le bas de sa manche.

— Côliboire! s'exclama-t-il. Comment puis-je me présenter ainsi en public?

— Je sais, je sais, dit le chef, mais énerve-toi pas. Les médias sont pas encore au courant.

— Les médias?

— Pour Poste-au-Chien-Blanc, voyons!

— Oh! Poste-au-Chien-Blanc, oui. Moi qui croyais faire une bonne affaire.

L'attitude calme et presque désintéressée de l'Investisseur déboussola quelque peu le chef et pesa sur son humeur. Il laissa planer le moment dans l'espérance que son interlocuteur soit tenté d'expliciter ses états d'âme, mais finit par s'impatienter devant son total manque d'empressement.

— C'est tout ce que t'as à dire là-dessus? rétorqua le chef.

— Je ne sais pas ce que je pourrais dire de plus, répondit l'autre d'un ton mesuré. Je dois parler à mes conseillers pour voir ce que je peux récupérer de mes investissements.

— Récupérer? fustigea Saint-Ours. On perd la face, Monsieur de la Classe! Pis on risque de perdre la liberté aussi! C'est un aller simple à Donnacona, cette affaire-là!

Le chef, haletant, attendit une réaction, une réponse, un quelconque signe pour se rassurer, mais son interlocuteur ne l'écoutait pas, ne le regardait plus. Ses yeux absents vagabondaient calmement d'un élément du mobilier à l'autre. Après un instant, son regard atterrit sur ses genoux, où il trouva ses mains, qu'il tendit et fixa longuement, comme si elles étaient couvertes de sang.

— Cette tache... Seigneur, ça ne partira jamais!

— Exactement, Monsieur de la Classe, approuva le chef, satisfait. On a tous la même, maintenant. Tous liés!

— J'parle du café sur ma chemise, dit l'Investisseur d'une voix irritée. Pour le reste, je n'ai fait que vous fournir une mise de fonds pour l'acquisition d'infrastructures. Ce que vous avez fait ou ce que vous aviez l'intention de faire avec, je n'en suis pas au courant. Je ne sais rien. Si j'ai commis une erreur, c'est de m'être laissé avoir.

Le chef Saint-Ours bondit de sa chaise et retint l'envie de sacrer une bonne mornifle à ce grand crisse de coincé, ce qui fut particulièrement difficile vu la fureur qui bouillonnait en lui. Il réussit néanmoins à se contenir :

— Crisse de menteur-de-mange-marde ! Tu penses qu'on va te laisser t'en sortir de même ? Que les médias verront pas ton petit jeu ?

— Qu'en pensez-vous ? répondit l'Investisseur d'un ton d'une sobre insolence. Qui sera le plus crédible en pauvre victime influençable ? Le chef indien qui se remplit les poches ou l'instituteur blanc qui place son bas de laine pour sauver les petits Sauvages ?

— Grand crisse de Blanchon-de-marde ! cria le chef en martelant le bureau avec son poing à chacun de ses mots. Tu crois que j'ai rien pour t'incriminer ?

L'Investisseur se leva, défroissa le bas de sa chemise et le haut de ses pantalons d'une main, observa passivement le chef qui projetait à grands coups de pattes l'ensemble des papiers et objets hétéroclites de sa surface de travail, conclut que la discussion s'achevait et que, somme toute, il avait remporté la mise. Mais il ne put s'empêcher de se pavaner une dernière fois avant de quitter la pièce, comme il n'y avait aucune réelle satisfaction à posséder un privilège si on ne prenait pas le temps de l'exhiber :

— Monsieur Saint-Ours, même si vous aviez des preuves contre moi, ce dont je doute, ça serait toujours votre parole contre la mienne. Et dans n'importe quel monde, dans n'importe quelles circonstances, les médias, tout comme les juges et le jury et probablement même la majorité de vos congénères, prendront toujours parti pour le petit Blanc de la classe moyenne. C'est un fait. Vous le savez. Je le sais. Tout le monde le sait.

Jacqueline encaissa une brocheuse à la nuque en couvrant de justesse l'Investisseur et l'escorta jusqu'à la sortie avant que son patron ne s'attire davantage d'ennuis, puis se dépêcha de faire disparaître, du mieux qu'elle le pouvait, les pots cassés, les papiers froissés et les tableaux dépecés qui avaient été victimes de la colère du chef avant que ne se présente le prochain invité qui, heureusement, allait se laisser désirer un brin trop longtemps au goût de Saint-Ours.

IV

Le Banquier se laissa désirer un brin trop longtemps au goût de Saint-Ours, ce qui éveilla chez lui quelques soupçons. Le Banquier travaillait effectivement dans le domaine des affaires, mais, contrairement à ce que son pseudonyme pouvait laisser supposer, il n'était pas vraiment banquier. Comme le savait si bien le chef, Vincent Yaskawish trafiquait plutôt les indulgences, tout en se gardant la part du lion en termes d'influence. Il connaissait les bonnes personnes, savait les enjôler pour en tirer profit et naviguait au cœur des aléas de la politique comme un bon navigateur sait le faire lorsque le vent change de bord, ce qui expliquait probablement sa longévité légendaire comme conseiller à la bande de Kitchike, où il servit tant sous le règne des Tooktoo que sous celui des Saint-Ours.

— T'étais où ? aboya le chef sans se lever.

— Chef Saint-Ours, tu sais bien que j'ai beaucoup de dossiers à régler avant les vacances. Avec les nouveaux investissements de la scierie et...

— Les investissements ? On est sur le bord de se faire éjecter de nos sièges, de se faire étamper la face sur la une de *Photo-Police*, pis de croupir en prison !

— Mon chef, je comprends ce que tu dis, mais tu sais qu'au bout du compte, l'économie ne peut pas se laisser ralentir par des impératifs partisans. Les affaires de la bande doivent continuer à générer des subsides pour le bien de nos membres et des investisseurs.

Le flux de platitudes libérales que lui vomissait au visage le Banquier fit tourner la tête du chef. Son maniérisme bienséant de bourgeois assimilé lui donna soudain la nausée. Le chef s'adossa un instant pour reprendre ses esprits.

Le sourire éclatant qui tranchait avec son teint basané, la blancheur de sa cravate et de son âme calcinée, son petit toupet grisonnant agencé à son complet et son allure générale simulant la classe vorace de Wall Street, tout ce qui aidait le Banquier à séduire si facilement les électeurs de la réserve, les investisseurs dociles et les courtisanes en quête d'un sugar daddy exotique, tout cela provoquait chez le chef Saint-Ours un dédain des plus profonds. Il avait toléré Yaskawish depuis son entrée dans l'arène puisqu'il lui fallait des alliés, que l'homme y était déjà établi et qu'il s'était montré particulièrement utile. Mais, aujourd'hui, Saint-Ours n'était plus d'humeur.

— Câlisse, Vincent ! Lâche ta posture de pédé un instant, pis regarde la vérité en face ! Regarde ! ordonna le chef en lui plaçant la photo à deux pouces du nez. C'est à qui, la belle frimousse à côté de la mienne sur la 'tite photo ? C'est la tienne, innocent !

Vincent Yaskawish baissa les yeux et retint un sourire. Il garda la tête droite, mais relâcha les épaules, tout comme son air de sainte-nitouche. Ce que son ton franc allait offrir au chef ne lui ferait pas plaisir :

— Ce n'est qu'une photo, chef. Une photo où j'apparais aux côtés de certaines personnes peu recommandables, certes. Mais une photo où je me devais d'apparaître à la demande de mon chef qui avait requis par courriel ma présence à cette réunion, réunion pour laquelle je n'ai reçu, a priori, aucun ordre du jour et dont j'ignorais totalement la teneur des affaires qui s'y brasseraient.

— Tabarnak ! C'était toujours ben ton idée, ce projet-là ! C'est toi qui m'as présenté aux bailleurs de fonds. Pis c'est toi qui en profites le plus !

— Si c'était le cas, je suppose que ma signature apparaîtrait sur un document, répondit calmement Yaskawish. Ou que j'aurais été invité aux rencontres subséquentes, ce qui aurait pu être prouvé par un quelconque compte rendu.

— Crisse, Yaskawish ! C'est toi qui voulais pas qu'on...

La voix du chef s'interrompit brusquement. Son souffle s'affaissa et la chaise se fracassa sous son poids. Le Banquier, serviette à la main, redressa les épaules, imposa son sourire éclatant pour une dernière fois, puis quitta la pièce en claquant des talons, la tête toujours aussi droite.

V

Lorette Paul, une amie de longue date de la famille Saint-Ours, avait la réputation de se tenir loin de toute partisanerie. Contrairement aux diverses réputations dont jouissaient les gens de Kitchike, celle de Lorette s'adonnait à être vraie. Aussi, madame Paul fut étonnée de recevoir une convocation du chef, hésita un instant ou deux, évalua si elle devait s'abaisser à répondre à une requête aussi effrontée, puis décida finalement de se laisser gagner par la curiosité. Si l'expérience risquait d'être déplaisante, elle constituerait néanmoins une anecdote intéressante à romancer et à raconter aux copines du Gaz Bar. À son âge, cela demeurait l'une des seules raisons qui la motivaient encore à se lever chaque matin pour aller travailler.

— Ma belle Lorette, dit le chef d'un ton trop mielleux pour être authentique, tu sais que c'est pas facile de faire confiance à quelqu'un quand t'es dans ma position. Alors, aujourd'hui, j'me tourne vers toi, car j'sais qu'on s'comprend.

Jack fit une pause à des fins dramatiques, mais surtout pour scruter la réaction de la vieille Lorette, et puisqu'elle se contentait de le regarder franchement dans les yeux en souriant, il assuma qu'il était en contrôle et continua son monologue. Le chef aimait peu de choses en ce bas monde, mais il adorait s'écouter parler.

— On s'comprend, car on a la même vision du monde. On est du monde vrai. Loyal. Envers la communauté, la nation, notre famille, nos amis...

— Bien sûr, Jack, répondit madame Paul en se trémoussant sur sa chaise. Tout le monde sait que j'ai le même employeur depuis l'âge de quinze ans.

— On est du monde dévoué, toi pis moi, continua le chef. On a les valeurs à bonne place. Quand on fait quelque chose, c'est jamais de façon égoïste. On est... des patriotes. Des vrais. Quand on voit l'un des nôtres dans la misère, on n'a pas peur de se salir les mains, de se rouler dans la bouette s'il le faut pour sauver nos frères, nos sœurs. Mais, des fois, y'a des gens qui peuvent profiter de notre bonté. On va trop vite... On se fait avoir.

— Et tu m'as fait appeler parce que...

— J'me suis fait prendre au piège, Lorette, trancha Saint-Ours d'une voix intense. Je sais que tu peux comprendre ça. Parce que ça t'est arrivé, à toi aussi, quand t'étais plus jeune.

Madame Paul fixa silencieusement le chef un long moment, question de tester son jeu, de voir combien de temps il pourrait tenir le rôle de la victime sympathique. Après trente-deux secondes à soutenir son regard, c'est finalement elle qui flancha et baissa les yeux, ce qui agaça particulièrement la petite dame.

— Jack, dit-elle d'un ton irrévérencieux, est-ce que tu fais référence à la fois où j'ai laissé la jeune Tooktoo surveiller la caisse pour aller aux toilettes?

— J'dis qu'on est pareils, tous les deux, qu'on vit la même chose.

Madame Paul fit languir le chef, oscilla la tête de gauche à droite pour faciliter sa réflexion, puis réalisa qu'elle en avait déjà assez de ce petit jeu qui se révélait tout aussi déplaisant qu'elle l'avait anticipé. Il n'y avait rien ici à romancer, rien de bien amusant à raconter, alors elle releva les yeux et alla droit au but :

— Disons que c'est vrai, qu'on est pareils et qu'on se laisse prendre de la même manière. Ne m'dis pas que t'avais juste besoin d'en parler. Qu'est-ce que t'attends de moi ?

— T'es la reine du Gaz Bar, Lorette. Tout le monde t'écoute, peu importe l'allégeance politique ou religieuse. Tu pourrais les convaincre en leur disant la vérité. Que j'me suis fait prendre par Yaskawish pis son pédé d'instituteur raciste !

Le chat sortait du sac. Bizarrement, la vérité était plutôt décevante. Banale et prévisible. Certainement pas de quoi en faire un grand récit, à peine une nouvelle. Lorette opta donc pour une fin précipitée. Après tout, elle n'avait guère de jours de congé.

— Tu as raison sur un point, dit-elle d'un ton conciliant. On fait tous des erreurs. J'en ai fait une à dix-sept ans en faisant confiance à quelqu'un que j'devais pas et j'ai payé pour les pots cassés. J'ai remboursé chaque cenne à Alphonse en faisant de l'overtime pendant des mois.

— Mais on parle pas d'un fonds de caisse, ici, dit le chef d'un ton soudainement moins mielleux. T'imagines les conséquences ?

— J'suis certaine que tu sauras t'en sortir, dit-elle d'une voix empathique. Peu importe ce qui se passera, j'peux te garantir que la légende de Jack Saint-Ours te survivra. Bonne chance, chef.

Madame Paul se leva et se dirigea vers la sortie, mais pas trop rapidement, au cas où une petite insulte, quelques larmoiements, voire un assaut physique viennent pimenter la fin de son histoire.

Saint-Ours ne lui offrit pas cette joie.

VI

Arthur Halloway était le cadet des huit fils illégitimes de Difreddi. Selon les aveux du patron, il était particulièrement doué pour la discrétion en affaires, ce qui expliquait qu'il servait souvent de contact ou d'intermédiaire dans les magouilles de son père, lorsqu'il n'était pas trop occupé à être soûl mort dans la cave de son propre bar, un foutu antre de moumounes gothiques qui arborait le nom du cocu lui ayant offert son patronyme. Le jeune Halloway aurait reçu Jacqueline avec une brique et un fanal, mais comme il ne voyait pas d'utilité ni pour l'un ni pour l'autre, il se contenta de l'envoyer paître avant d'exiger de parler directement au chef.

— Hé! Tecumseh, tu veux jouer avec moi? Tu vas te brûler, cracha-t-il à l'appareil.

— J'pense que t'es pas en position de menacer personne, Halloway. Tu sais ce que j'ai entre les mains?

— Un cierge mal lustré? Va chier! Tu pensais qu'on se rendrait pas compte que t'essayes de nous fourrer?

— De quoi tu parles? lança le chef, ébranlé. J'voulais te prévenir. Y'a une preuve incriminante qui est sur le point de sortir...

— Joue pas à l'innocent si tu tiens à tes dents. J'sais que t'as chargé un p'tit Kawish de zieuter chez nous. Ben la prochaine fois que t'envoies une taupe en costard dans mon bar, prends-en un qui est assez bright pour pas cruiser ma p'tite pute, OK?

La conversation prenait une tournure que le chef n'aurait jamais soupçonnée et, comme il ne comprenait somme toute rien à ce que le morveux de Halloway lui crachait à l'oreille, il décida d'en finir avec ce petit magouilleur sans vergogne.

— Laisse faire, OK? J'vais régler ça avec ton père.

— Mon père est déjà au courant, Sitting Bull. Pis y dit que le deal tient pu. Le projet va aller de l'avant, pis tu vas t'en assurer personnellement si tu tiens à tes couilles. Mais t'oublies ta cut. C'est fini, t'auras rien. Pis j'te conseille de te tenir les fesses serrées, pis de garder tes hommes dans leur enclos comme de bons p'tits Sauvages.

Le chef Saint-Ours aurait voulu pouvoir abattre sa colère sur cet effronté d'enfant de pute, mais constata avec philosophie qu'il n'en avait plus la force. Était-ce soudain de la peur qu'il ressentait dans les tripes? Ce nouveau revirement de situation l'aurait sûrement justifié. Mais non, constata-t-il. Non, c'était plutôt une forme d'acceptation, de calme placide. Il était las, voilà. Il avait déjà déversé son fiel sur une multitude de personnes depuis le matin, et il ne gagnerait rien de plus en provoquant davantage le clan Difreddi. Jack Saint-Ours coupa la communication sans insulte ni au revoir.

VII

Le gros Labelle avait parcouru le monde d'est en ouest et du nord au sud pour imposer la peur de Dieu aux païens et infidèles de toutes origines, pour finalement aboutir, en fin de carrière, dans cette minuscule réserve semi-urbaine qui était certainement l'un des derniers endroits au Canada où sa sainte croix pouvait toujours inspirer crainte et respect. Le curé-missionnaire n'était aimé ni de ses paroissiens ni des instances politiques de Kitchike. Il le savait et n'en avait somme toute rien à foutre. L'amour de son prochain était une stratégie de subversion bien utile pour attendrir les fidèles et les garder sous l'égide de Rome, mais il pouvait s'en passer. L'amour de son Dieu, les jours où il y croyait, lui suffisait. Le reste du temps, la crainte et le respect de ses ouailles lui convenaient amplement. En ce sens, sa vision et sa position n'étaient pas tellement différentes de celles du chef, ce qui expliquait peut-être pourquoi les deux hommes entretenaient une forme de respect mutuel caractérisé par une apathie généralisée, mais extrêmement polie et prolixe en compliments, lorsqu'ils se croisaient en public.

Ce jour-là, ce n'était pas le cas.

— Entrez, mon père, dit le chef qui observait le quotidien de la réserve du haut de sa fenêtre. Assoyez-vous.

Le curé Labelle scruta la chaise qu'on lui offrait, constata que les appuie-bras réduisaient de façon notable l'espace disponible, puis conclut que si jamais son postérieur réussissait à toucher le fond, il n'arriverait jamais à l'extraire du siège sans entacher son orgueil. Le curé traîna donc son corps éléphantesque jusqu'à la fenêtre où se tenait Saint-Ours, chaque pas plus lourd que le précédent.

— Monsieur Saint-Ours, dit le curé, essoufflé. Vous me semblez préoccupé plus que d'habitude. Qu'est-ce qui vous tracasse autant ?

Le chef avait le front appuyé contre la vitre, les épaules basses et la voix éteinte. Il n'était pas du genre à baisser la garde devant un prêtre, et surtout pas devant Labelle. Cet homme savait visualiser les flots invisibles du désespoir et en exploiter chaque goutte. Saint-Ours le savait, car c'était là une aptitude qu'il maîtrisait tout autant.

Pourquoi avait-il convoqué le curé, déjà ? De tous les hommes et les femmes de la réserve, pourquoi convoquer le curé, sinon pour se servir à ses propres fins du joug de l'homme sur les fidèles de la réserve ? C'est ce que devinait sûrement le gros Labelle, dont les joues protubérantes se boursouflaient sous un sourire somme toute bien authentique, et il avait probablement raison. Un homme comme lui ne pouvait avoir qu'une seule motivation, une seule attente en apposant le nom du prêtre sur la liste remise à Jac-que-li-ne : utiliser la sainte terreur pour ramener le troupeau de Kitchike du côté des saints. Des Saint-Ours, bien sûr. Sauf que, pour une raison qui lui était complètement incompréhensible, Jack Saint-Ours ressentait... quelque chose. Une émotion. Était-ce un regret ? Une forme de honte ? Était-ce mal ? Était-ce mal de se servir de la crainte de Dieu pour survivre politiquement ? Et d'ailleurs, le méritait-il ?

Jack Saint-Ours n'était pas homme à jongler longtemps avec de tels concepts. Il n'était pas du genre à douter. Sa capacité d'autocritique se résumait principalement à quelques raisonnements circulaires dont il était l'épicentre autour duquel les autres devaient danser. Il était un homme droit, alors tout ce qu'il faisait était droit, et ceux qui ne partageaient pas son avis étaient soit croches, soit idiots. Il avait toujours raison et, si jamais il avait tort, il avait raison d'avoir tort. Mais en ce moment, la grande croix de bois qui ornait le cou de Labelle provoquait chez lui un profond questionnement dont il aurait certainement préféré se passer.

— Mon père, dit-il d'une voix lasse, j'ai... j'ai commis une erreur.

Les yeux globuleux du prêtre se posèrent sur lui avec réserve, leur expression vaguant entre empathie et confusion.

— Vous aimeriez vous confesser ?

Saint-Ours hésita. Il ne savait pas jouer ce rôle, courber l'échine pour se repentir et implorer pénitence, ce qu'il avait souvent observé chez ses concitoyens venus quémander ses bonnes grâces. Et bien que tout son être l'implorait de ne pas faire confiance à cet homme, il tenta d'émuler autant que faire se peut ladite posture.

— J'ai fait confiance aux mauvaises personnes, mon père. J'me suis aventuré sur des sentiers un peu trop sinueux, avec les meilleures intentions. J'veux dire, quand je suis devenu chef, c'était pour changer les choses. Redorer l'image de la communauté et du clan Saint-Ours. Mais je crois que j'ai dévié, à quelque part. Je me suis égaré...

— Oh non ! interrompit le gros Labelle d'un air sévère. Pas de telles banalités avec moi, dit-il en gesticulant de tout son gras de bras. Si vous voulez l'absolution, vous devez être plus précis : « Mon père, pardonnez-moi, car j'ai menti, j'ai triché ou j'ai volé », etc., etc., etc.

Surpris et quelque peu agacé par la réaction du curé,

Saint-Ours sentit un nœud se nouer dans son estomac. Il fit un effort pour ignorer tant la sensation que l'interruption, puis répondit d'une voix mesurée :

— Vous croyez qu'on me pardonnera ?

— Vous cherchez le pardon divin ou l'indulgence de vos citoyens ?

— J'aimerais... j'aimerais juste m'en sortir, avoua sincèrement le chef.

— Oh! dans ce cas, vous devrez faire pénitence, mon enfant.

— Je crois pas que quelques « Je vous salue Marie » me sauveront de cette situation.

Le gros Labelle sonda le chef de ses yeux de grenouilles, puis offrit un sourire reptilien.

— Probablement pas, dit-il en marchant vers la sortie. Mais un vote de confiance pour notre sainte Église m'aiderait sûrement à vous aider.

Les boyaux du chef se resserrèrent un peu plus et il sentit le nœud monter dangereusement dans sa poitrine. Saint-Ours se redressa, puis avança vers le prêtre.

— Qu'est-ce que vous voulez dire ? Que vous ne pouvez pas m'aider parce que vous ne me voyez pas assez la face à l'église ?

— Non, vous êtes un homme occupé, dit Labelle d'un ton conciliant. Vous avez besoin de ce temps d'arrêt pour vous reposer...

— Mais encore ? dit le chef en sentant le nœud lui remonter dans la gorge.

— J'ai ouï dire que dans le temps des Tooktoo, le Conseil refusait de prêter la salle communautaire aux hérétiques frissonnants. On m'a aussi dit qu'il était interdit d'aborder le sujet des rituels païens à la petite école. Vous voyez, ce genre de bonnes actions aurait particulièrement plu à notre Seigneur et à notre Église...

— Et si jamais je m'engageais à faire ce type de... pénitence, mon père, est-ce que l'Église et son digne représentant pourraient m'épauler et me soutenir publiquement dans ma période de repentance ?

— Oh allons ! La foi n'est pas une campagne électorale. Les bonnes intentions ne suffisent pas. Ce sont nos actions qui parlent. Il faut faire acte de contrition *avant* d'obtenir les grâces.

Jack Saint-Ours ne savait pas jouer le rôle du pénitent, mais il connaissait les voies de la politique et savait évaluer les opportunités, possibilités et priorités. Il savait calculer. Aussi, il ne prit que trois secondes à résoudre la demande implicite du curé, que son esprit résuma sous la formule $\{a + b + c + d = e\}$, où :

a) il n'était pas en position de faire un décret administratif ;

b) il n'avait pas le temps de convoquer une réunion des conseillers pour en faire une directive du Conseil ;

c) le responsable de la salle communautaire refuserait d'obéir à un ordre direct. Idem pour le comité de parents de l'école ;

d) le nombre combiné des traditionalistes et des pentecôtistes était probablement égal ou supérieur au nombre de catholiques pratiquants.

Saint-Ours leva le menton, s'approcha un brin trop près des joues du curé, puis se débarrassa du nœud qui lui rouait la gorge en lui crachant au visage :

— Dans ce cas, on se reverra en enfer. Tu risques d'y frire plus longtemps que moi, *mon père*.

VIII

Yvette Saint-Ours n'aimait pas se mêler de politique, particulièrement depuis que son frère cadet était au pouvoir. Mais comme elle profitait amplement des privilèges que lui offrait cette position, elle dut s'incliner et se présenter tel que demandé. Les regards fuyants des passants qu'elle croisa en chemin, de même que le comportement nerveux des employés du Conseil, la convainquirent que quelque chose n'allait pas avec son frère. Jacqueline semblait presque paniquée, mais demeura courtoise, comme d'habitude, en ouvrant la porte du bureau du chef.

— Mon Dieu, Jack! s'exclama Yvette en constatant l'état pitoyable de la pièce. T'as été vandalisé?

Jack Saint-Ours, affairé à ramasser quelques bibelots près de la bibliothèque, n'osa pas regarder sa sœur dans les yeux. Il se contenta de lui faire un signe de la main, signe dont Yvette ne put déceler la signification, sinon l'abnégation.

— Jack? renchérit-elle, le doute dans la voix. C'est toi qui as fait ça?

— Ciboire, Yvette, dit-il d'une voix lourde, laisse faire ça.

Le visage de la dame s'étira de tous ses plis et elle accourut maladroitement sur ses petites jambes chancelantes pour étamper une gifle au visage du cadet.

— Jack Saint-Ours, tu vas me soigner ton langage. Peu importe ce qui se passe, laisse la religion en dehors de ça.

Jack retint un éclat de rire. Il voulait lui dire qu'il était trop tard pour cela, qu'il avait déjà sollicité la religion, que celle-ci avait refusé d'obtempérer et qu'il l'avait finalement envoyée se faire foutre, mais le chef choisit de s'en tenir au silence et de s'éviter une autre gifle.

Le mutisme de Jack chatouilla la petite dame. Les Saint-Ours ne trouvaient guère de vertus au silence, surtout quand ils en étaient la cible. Les lèvres tendues, Yvette prit fermement le menton du chef entre ses doigts et lui abaissa le visage pour lui parler dans les yeux. Elle avait beau être menue et avoir deux pieds de moins que son cadet, elle n'avait jamais eu peur de ce dernier. Et elle n'accepterait pas un tel défaitisme de la part d'un Saint-Ours.

— Jack, qu'est-ce qui se passe au juste ? demanda-t-elle sans plus de sympathie.

Le chef prit la main de sa sœur avec sa grosse patte moite et la délogea doucement de son visage.

— Peu importe ce que j'ai fait, dit-il en se dirigeant vers sa chaise affaissée. Ç'a plus d'importance. Le vent se lève et il va y avoir de grandes turbulences pour quelque temps.

Du haut de ses quatre pieds deux pouces, la vieille lui bloqua la route. Réalisant qu'il n'avait pas l'intention de coopérer, elle se permit de le secouer en lui octroyant quelques coups de son sac à main.

— Hé ! s'exclama Yvette. T'es peut-être le chef, mais j'demeure l'aînée de la famille. J'veux savoir ce qui se passe. Surtout si j'suis pour ramasser les pots cassés.

Jack Saint-Ours laissa échapper un lourd soupir, puis lâcha, sans cérémonie :

— Poste-au-Chien-Blanc. Disons que le financement...

— Tu connais la règle, coupa-t-elle. Tu n'incrimines pas la famille. J'veux pas savoir ce que t'as fait. J'veux juste savoir ce qui peut être fait.

La détermination et la solidité de la petite dame redonnèrent soudain du tonus au chef. Il reprit contenance, de même que son arrogance.

— Y'a eu une fuite. Quelqu'un de Kitchike est allé pêcher certaines photos en ville. Dans un trou de tapettes gothiques. C'est récent. Dans la semaine.

— Un Tooktoo ?

— J'pense pas. Personne de proche du Banquier, en tout cas. Yaskawish est un magouilleur, mais il se priverait jamais de sources de revenus juste pour me faire tomber.

— On peut colmater la brèche ?

— J'ai demandé à mon p'tit vaurien, et ç'a l'air que non. C'est public.

— T'as des appuis pour une version officielle divergente ? Des alliés ou des témoins que tu peux acheter ?

Le chef se contenta de hocher la tête en signe de négation. Il prit les photos et les tendit à sa sœur, qui les scruta nerveusement, avant de les jeter sur le bureau avec dégoût.

— J'aimerais que pôpa soit encore là, dit Jack. Il aurait su quoi faire, lui. Il m'aurait appuyé.

— Non, dit l'aînée d'un ton hautain. Si pôpa était là, il serait toujours chef et tu serais dans son ombre. Et même si t'avais réussi à le déloger, il t'aurait laissé te noyer dans ta propre merde pour mieux reprendre sa place. Il a toujours cru que le poste lui revenait de droit divin.

— T'aides pas au moral, là, Yvette.

— Si tu veux un pep talk, demande au vieux Noé. Peu importe ce qui va se passer, tu vas te redresser l'échine, pis garder la tête froide comme un vrai Saint-Ours. Pis tu vas faire payer chaque traître de tout ton courroux.

Les paroles de sa sœur pénétrèrent l'âme du chef pour y trouver une terre fertile. Elle avait raison, évidemment. Le sentimentalisme et le défaitisme étaient indignes du clan Saint-Ours. Il devait se reprendre, et vite. N'empêche, il avait espéré un peu plus de soutien concret de la part de sa sœur.

— J'peux me fier à toi pour me dégoter un avocat sur le sens du monde ?

— Bien sûr, Jack, dit-elle en soulevant les talons pour lui offrir un baiser sur la joue.

Elle fit quelques pas vers la sortie et, avant de quitter la pièce, ajouta :

— Asteure que j'y pense, j'ai croisé Pierre Wabush au Gaz Bar, dimanche. Il avait un drôle de complet noir, pas son accoutrement sportif habituel. J'gratterais de ce bord-là, à ta place.

Le chef hurla le nom de Jac-que-li-ne qui, une fois de plus, accourut à ses côtés. Il griffonna des chiffres et des lettres sur un bout de papier, scella le tout dans une enveloppe et remit ladite enveloppe à sa secrétaire.

— J'veux voir chacune de ces personnes dans mon bureau. Convoque-les une à une, cette fois. Et trouve-moi Pierre Wabush au plus sacrant.

Jacqueline acquiesça d'un signe de tête et déguerpit.

IX

Roméo, le vieux traditionaliste, n'appréciait pas particulièrement le chef Saint-Ours, tout comme il n'avait pas aimé ses prédécesseurs. Il avait peu de sympathie envers les politiciens de bande. Il les voyait au mieux comme un mal nécessaire à l'administration de la communauté, au pire comme des rapaces sans âme érodant les fondements culturels de leur nation pour leur propre bénéfice. Mais il prenait soin de se rappeler qu'au fond de chaque homme, il y a un peu de lumière, un peu de magie divine, même chez ceux qui préfèrent cultiver le chaos. Après tout, l'ordre et le chaos étaient tous deux nécessaires à l'éternelle revitalisation de l'Univers. L'un et l'autre se devaient de danser sans arrêt pour alimenter la ronde cosmique. Chacun devait avoir sa place, même les plus déplaisants.

— Monsieur Saint-Ours, vous pouvez m'expliquer pourquoi je suis ici, dans votre bureau, au lieu de profiter du beau temps printanier ?

— Arrête, Méo, dit Saint-Ours d'une voix ferme.

— D'accord, réfréna le vieux en perdant son sourire. Mais aie au moins la politesse d'aller droit au but.

— Dis-moi ce que tu sais, comme ça, on sauvera du temps toué deux.

— Je sais qu'une rumeur s'est répandue comme une traînée de poudre, du bureau de poste à tous les foyers de Kitchike. Mais comme je n'y suis pas encore allé cette semaine, je suis pas à jour. Au dire des clients du Gaz Bar, ça concerne ta chute imminente. Et vu que tu m'as convoqué et que je te trouve seul ici, tu dois plus avoir d'alliés de confiance. Ça fait le tour ?

— Tu veux pas savoir ce qu'on dit ? Ce que j'ai fait ? Si c'est vrai ?

— Pas vraiment, avoua Cœur-Brisé. Mais j'aimerais savoir ce que je fais ici.

— C'est Yaskawish. Y'a tout manigancé pour se remplir les poches au détriment de la bande, pis asteure qu'on se fait pogner, y veut me faire porter le chapeau.

— Peu importe, dit le vieil homme d'un ton toujours aussi indifférent.

— Tu trouves ça juste ? Tu trouves ça correct que la Sku débarque icitte pis me mette les menottes alors que ce grand crisse de pédé s'en tire ?

Roméo Cœur-Brisé souffla. Il n'était pas le genre d'homme à chercher ni à alimenter les conflits, et encore moins le genre d'homme à retourner le couteau dans la plaie. Il ne croyait ni à la vengeance ni à la rancune. Il ne tirerait ni jouissance ni satisfaction de la situation dans laquelle se trouvait le chef. Mais le vieux Cœur-Brisé estimait qu'il aurait été plus facile de contenir les émotions qui bouillaient en lui si seulement Saint-Ours avait évité de plaider les grands principes qu'il piétinait impunément depuis des années.

— Pourquoi je suis ici ? répéta une fois de plus Roméo, retenant sa colère.

— Les traditionalistes vont me soutenir si tu leur parles, Méo. Ce sont les seuls qui peuvent me sauver, pis t'es le seul qui peut les convaincre.

Le regard de l'aîné se fit compatissant un instant, puis l'homme soupira.

— Désolé, Jack. Qu'est-ce que je vaudrais comme guide si je me servais de mon influence à des fins partisanes ?

— Pas à des fins partisanes, Méo. Pour sauver un homme du mensonge et de l'injustice !

Non, il n'oserait pas, pensa Roméo Cœur-Brisé, pas avec lui. Il n'aurait pas le culot de se présenter comme une innocente victime ou pire, comme un champion de la droiture, de la vérité et de la justice. Il n'oserait pas ouvrir cette porte, sachant très bien où ça mènerait la conversation.

— Et pourquoi je ferais ça, Jack ? Pourquoi je mettrais mon honneur et mon intégrité en jeu pour tenter de te sauver ?

— Parce que c'est qui tu es, Méo. C'est ainsi que tu te définis. La morale, la droiture, le bien pour le bien. C'est ce que tu prônes aux traditionalistes, pis si tu m'abandonnes, ici et maintenant, comment tu vas faire pour te regarder dans le miroir avant de te coucher ?

Voilà pourquoi Roméo Cœur-Brisé détestait les politiciens. Parce que malgré leur arrogance et leur totale absence de subtilité, malgré leur façon impudique et fondamentalement grossière d'instrumentaliser les gens à leur avantage, ils réussissaient néanmoins à vous pétrir l'esprit pour vous faire douter de vos instincts, puis à utiliser vos propres principes et valeurs contre vous. Mais Roméo Cœur-Brisé n'était plus un enfant. Il était vieux, trop vieux, pour ce genre de jeu. S'il préférait éviter les politiciens, ce n'était pas parce qu'il se sentait désarmé face à ce type d'hommes, mais plutôt parce qu'il n'aimait pas la personne qu'il pouvait devenir en leur présence. Aussi, Roméo se rappela que la seule façon de rester fidèle à lui-même était de se faire limpide et réfléchissant comme un lac, de retourner à l'autre sa propre image. Se faire vrai, c'était là une valeur sûre, éprouvée par l'expérience et l'usure du temps.

— Je ne suis pour toi qu'un simple outil. Tu crois me connaître, et tu penses pouvoir me manipuler avec de la rhétorique ?

— Méo, c'est pas de la manipulation, c'est dans tes gènes. C'est un fait. Regarde ta cousine Jac-que-li-ne. Je suis loin d'être langoureux avec elle, mais elle s'en offusque pas. Elle connaît sa place. Elle fait ce qu'elle croit être bien. C'est une Cœur-Brisé, comme toi.

— Alors je devrais couvrir tes arrières, car c'est là ma place ? s'offusqua Roméo. C'est là le rôle de ma famille, de servir la classe dirigeante ? De servir les Saint-Ours ? Ton père serait fier de t'entendre.

Le chef ferma les yeux, tant pour encaisser le coup que pour réfréner la rage qui montait en lui. *Son père ? Comment osait-il le comparer à son père ?* James Saint-Ours avait régné d'une main de fer pendant plus de vingt ans. Il avait été une brute implacable, un chef de guerre, un vrai. Jack n'était pas son père, mais il était un Saint-Ours, et cela lui suffisait amplement. Il inspira profondément et rouvrit les yeux pour fixer le vieux Cœur-Brisé.

— Et Diane ? Tu sais ben que Diane voudrait que la vérité éclate au grand jour, que Yaskawish paye pour ce complot !

Le cœur du vieux Roméo cessa de battre. Une marée d'émotions se déversa dans son être et provoqua un vertige. Voilà où menait la conversation, inexorablement. Il le savait, depuis la minute où il était entré dans le bureau du chef. Peu importe ce qu'il aurait dit, peu importe ce qu'il aurait fait, la conversation aurait pris cette tangente, il en était convaincu. La nausée le fit tituber vers l'arrière, mais il se ressaisit aussitôt. Roméo tenta de mesurer le ton de sa riposte, mais dut forcer sa voix rouée par l'émotion pour ne pas murmurer.

— Diane... Diane est partie, Jack. Ma sœur nous a quittés il y a exactement cinq ans, la nuit où ton gendre, complètement soûl, l'a écrasée avec sa voiture. Évidemment, comme tu as fait virer tous les policiers, incluant le chef de police, pour étouffer l'affaire, personne n'a jamais su et ne saura jamais la vérité. Et tu as le culot... de me parler de Diane ? De me parler de justice et de vérité ?

— Tu m'en dois une, affirma le chef, à mi-chemin entre l'arrogance et le désespoir. Si j'avais pas levé l'interdiction des sweat lodge qu'avait fait voter la jeune baptiste à Tooktoo, tu te serais ruiné en cours. Tu m'en dois une, pis c'est le temps de payer.

Le vieux Cœur-Brisé n'avait jamais douté du caractère un peu psychopathe du chef, mais son total manque d'empathie en cet instant révélait une nature encore plus vilaine qu'il ne l'eût pensé. Une fois l'effet de surprise dissipé, une fois la vigueur de la piqûre estompée, une pointe de pitié pointa à l'aurore. Mais ce n'était qu'un mirage, il le savait, une émotion soigneusement planifiée par les calculs manipulateurs du chef. C'était là le signe qu'il fallait clore cette conversation.

— Oui, je sais, Jack, dit Roméo d'une voix ferme, mais douce. Alors je vais faire une chose pour toi. Une seule. Je vais aller dans le bois et je vais prier pour toi. Je vais demander à Diane et aux Ancêtres qu'ils te fassent réfléchir un peu. Et je te promets que si les choses se rendent jusque-là, j'irai te voir en prison. J'suis pas un Tooktoo. J'suis pas un Saint-Ours. Je n'abandonne pas les miens.

Le vieux Roméo quitta le bureau du chef le cœur en miettes, mais l'esprit en paix. Il savait que, quelque part entre l'Ouest profond et le Ciel radieux, Diane souriait.

X

Mononc' Noé, la grande échalote à la vessie difficile, semblait avoir considérablement rétréci dans sa sweat lodge. C'est ce que pensa Saint-Ours en voyant le vieillard se traîner les pieds dans son bureau. Faut dire que le temps n'avait pas été clément avec lui, ses ravages avaient plissé la peau autour de ses os, de la tête aux pieds. Il marchait aujourd'hui les genoux hauts et le dos rond.

— Vous avez de belles toilettes icitte, mon neveu, dit le vieux Noé, tout sourire. Quand ton père était chef, on n'avait pas ce genre de luxe. Juste de vieilles bécosses entre deux épinettes.

Le chef se leva pour accueillir son oncle et, après une bonne poignée de main et une accolade bien sentie, l'invita à s'asseoir au bureau.

— Tout un fauteuil, ça, mon Jackie-Boy. J'te parie qu'y'en a des ministres qui ont pété sur cette chaise. Si mon vieux cabot de 'Cajou était icitte, y'en aurait pour des heures de plaisir à sniffer la rembourrure.

Le chef laissa échapper un ricanement. La présence de son vieil oncle lui était toujours agréable, même à son âge avancé. Peut-être cela lui rappelait-il des temps plus simples, sa tendre enfance, et la myriade de grimaces et de singeries que la vieille échalote lui avait offertes pour égayer ses journées autrement mornes et solitaires.

— Mononc', je suis heureux que vous ayez accepté de venir me voir. Je passe quelques moments difficiles et j'aurais besoin de votre sagesse et de vos conseils.

— Oh! Jackie-Boy, y'aurait fallu me prévenir. Je crains qu'y me reste ni de l'un ni de l'autre, dit-il tout en s'allumant une rouleuse maladroitement confectionnée. Mais j'ai peut-être quelques histoires farfelues en réserve, si ça peut te faire sourire.

— Comme la fois où t'as triché à la course de portage? demanda le chef tout en ricanant à pleines dents. Je t'imagine te pavaner devant les jeunesses sexy kitch, la poche de jute légère comme l'air, écouter le gros Tooktoo vanter tes prouesses, avant de découvrir que t'avais tout orchestré pour lui faire perdre la face devant toutes les nations et les commanditaires rassemblés. Oui, ça c'est une bonne histoire, mononc'.

Le chef avait beau y mettre de l'entrain, le vieux Noé ne partageait manifestement pas son enthousiasme. Les rides sur son visage, maintenant obscurcies par un nuage de boucane, refusaient de décliner un semblant de sourire.

— Tu crois que c'est ça, la morale de l'histoire, Jack ? Tu crois que tout ça, je l'ai fait pour couvrir Tooktoo de honte ? Pour lui faire perdre sa commandite ?

— C'est toujours ça que pôpa a dit. Pis d'ailleurs, c'est ça que les Tooktoo ont toujours colporté. Pas pour rien qu'y nous haïssent autant, ces enfants de chienne !

Après quelques secondes de silence, le chef insista pour avoir une réponse, bien que Jacqueline, qui tendait secrètement l'oreille à la porte, eût certainement pu témoigner que puisqu'il n'avait jamais vraiment posé de question, c'était un peu incongru d'attendre une réponse.

— Pourquoi t'as fait ça, alors ? Pas juste pour les filles ?

— Ben sûr que non, Jack. Mais faut admettre que c'était agréable de se faire zieuter par les jeunesses sexy... sexy quoi, déjà ?

— Sexy kitch, mononc', sexy kitch !

Le vieux Noé éclata d'un rire gras et, ce faisant, aspira visiblement un excès de boucane, car il se mit à s'étouffer avec insistance, tout en continuant de rigoler.

— Oui, oui, t'as raison, sexy kitch ! C'est vraiment, vraiment, la bonne expression. On pourrait pas trouver une expression plus exacte que ça, cher neveu. Les petites franges cache-sexe et les petits seins strappés, c'était la belle époque, non ? Quand est-ce que les jeunesses ont troqué ça pour le coton ouaté ? Quand est-ce que ça s'est passé exactement ?

— Là n'est pas la question, mononc' ! dit le chef, irrité. Je t'ai demandé pourquoi ? Pourquoi la poche de sable ?

Pourquoi faire tomber le pow-wow et les costumes sexy kitch et la grande foire des Tooktoo si c'était pas pour les couvrir de honte ?

— Parce que c'était drôle, Jack. Ils étaient tellement ridicules. Ils avaient créé un univers imaginaire qui était d'une tristesse in-croya-ble. J'ai juste voulu leur montrer avec une bonne dose d'humour à la Noé.

— Pôpa avait raison, dans le fond. C'était quand même pour t'attaquer au régime des Tooktoo !

— C'est moi ou toi le vieux sénile ? C'était pas contre les Tooktoo ! C'était juste la chose comique à faire pour rétablir l'équilibre des forces cosmiques à Kitchike. Ça devenait trop sclérosé. Un peu comme aujourd'hui, Jack, dit le vieux en écrasant sa cigarette contre le bureau.

— Aujourd'hui ?

— Oui, oui ! Aujourd'hui même !

Un frisson se glissa entre les épaules du chef pour lui parcourir l'échine. Jack Saint-Ours hésita un instant à le questionner davantage. Il craignait la réponse que lui offrirait le vieux farceur.

— Et qu'est-ce que vous avez fait aujourd'hui, mononc' ?

Le vieux Noé éclata de rire de nouveau, incapable de répondre tellement il était plié en deux. Une rage profonde envahit le chef, qui perdit toute trace de civilité :

— Noé, vieille échalote incontinente ! Qu'est-ce que t'as encore fait ?

— J'ai, j'ai, j'ai simulé un grand voyage ! dit le vieux Noé entre deux éclats de rire.

— J'espère que tu réalises que ça risque d'être ton dernier, menaça le chef.

— Non, non, pas *mon* voyage, dit l'aîné. *Ton* dernier voyage. Et merci pour le mot d'au revoir envoyé aux boîtes postales de la réserve! s'esclaffa-t-il en jetant une carte au visage du chef.

Possédé par une hilarité à la limite du surnaturel, le vieux Noé s'enfuit tout en se tenant le ventre à deux mains, laissant une traînée d'urine derrière lui. Jack Saint-Ours n'avait pas la tête à rire. Il ramassa le carton que lui avait tiré le vieux fou, puis constata avec horreur qu'il s'agissait effectivement d'une carte postale. Du côté glacé se trouvait l'une des photos qu'il avait découvertes dans le courrier du Conseil, ce matin. Son souper d'affaires au ranch. Lui, le Banquier, l'Investisseur, l'Avocat et l'autre. L'autre dont on ne devait pas dire le nom. Et de l'autre côté, un court mot se terminant par une imitation assez réussie de sa signature :

Cher Kitchike,

Un petit souvenir de mon voyage à Poste-au-Chien-Blanc. Mes associés et moi-même nous souhaitons beaucoup de bénéfices à vos dépens. Toujours un plaisir de nous servir de vos intérêts collectifs à notre avantage. Soyez dociles et vertueux!

Votre chef,
Jack Saint-Ours
Première Nation de Kitchike™
(tous droits réservés)

XI

« L'homme aux trois à cinq prénoms » se courba le dos pour se faufiler dans le bureau, tout en levant sa longue patte en guise de salutation fanfaronne, mais son sourire faussement espiègle ne parvint pas à cacher sa nervosité. Ce n'était pas tous les jours que le chef vous invitait à son bureau. À vrai dire, Jean-Paul Paul Jean-Pierre ne se rappelait pas avoir jamais été convoqué par le chef ni par quiconque, sinon la secrétaire de Monsieur Dents, et peut-être l'avocat de son ex-femme. Oh! il était si naïf! Tout devenait clair, maintenant. Tout ça n'avait été qu'un stratagème pour le distraire pendant que le dentiste voyait sa femme en secret. Peut-être Monsieur Dents essayait-il de renouer avec le stratagème pour lui soutirer les faveurs de sa nouvelle copine? Jean-Paul Paul Jean-Pierre sourit. Il ne pouvait plus se faire prendre, car il n'avait plus de copine. Mais ça ne l'empêcherait pas de montrer au chef qu'il avait tout compris de l'astuce.

— Je ne suis plus avec Julie-Frédérique, affirma Jean-Paul Paul Jean-Pierre en fronçant les sourcils. Alors, inutile d'aller plus loin dans ce jeu. Votre ami de la ville avoisinante m'a déjà fait le coup.

— T'es au courant pour Monsieur de la Classe? demanda le chef, surpris.

Monsieur de la Classe? C'était à prévoir, pensa Jean-Paul Paul Jean-Pierre. Ses voisins blancs, ou plutôt les habitants de la ville avoisinante, étaient nécessairement tous de connivence quand venait le temps de séduire les copines des Amérindiens aborigènes autochtones indigènes membres de la Première Nation de Kitchike. N'empêche, il avait toujours cru que son ancien instituteur n'était pas le genre d'homme à participer à de telles manigances inciviles.

— Alors ? réitéra le chef.

— Ça me surprend, répondit finalement Jean-Paul Paul Jean-Pierre. J'ai toujours cru que mon ancien instituteur n'était pas le genre d'homme à participer à de telles manigances inciviles, répéta-t-il à haute voix.

— Je te comprends. Personnellement, ça me dépasse. Comment peut-on abuser ainsi de la confiance des bonnes gens de Kitchike ?

— Ça vous est arrivé à vous aussi ? questionna Jean-Paul Paul Jean-Pierre, ébahi.

Jean-Paul Paul Jean-Pierre ignorait que le chef avait une copine. Sa femme l'avait quitté il y avait de nombreuses années, plus que ses doigts pouvaient en compter, c'est-à-dire au moins neuf, puisqu'il avait perdu son auriculaire droit dans un accident de travail, dans le temps où il pratiquait. Il n'avait jamais revu Saint-Ours en compagnie d'une femme depuis, mais comme le chef passait une grande partie de sa vie à voyager à l'extérieur de la réserve, il avait pu rencontrer et entretenir une femme n'importe où et à l'insu de tous. Tout devenait clair, maintenant.

— Où cela s'est-il produit ? demanda Jean-Paul Paul Jean-Pierre, curieux.

— Au ranch, bien sûr. Je l'ai pas vu venir, dit le chef, quelque peu déprimé.

Jean-Paul Paul Jean-Pierre ne savait ni quoi répondre au chef ni comment le rassurer. Il chercha un moment dans ses pensées, un long moment de réflexion qui se termina, comme d'habitude, en queue de poisson, d'abord un poisson rouge, puis un hippocampe. Même s'il n'était pas vraiment sûr qu'il s'agisse bel et bien d'un poisson, ce dernier avait une queue bien plus intéressante qu'un simple poisson rouge. Il en avait déjà vu un au zoo et il semblait si heureux de barboter dans l'eau.

— Et au ranch, il y avait des hippocampes ? demanda Jean-Paul Paul Jean-Pierre. J'aime bien les poissons exotiques.

Le chef fronça les sourcils. Décidément, il se demandait où son interlocuteur voulait en venir. Mais cela importait peu, car ce n'était pas pour ça qu'il l'avait convoqué.

— Non, répondit le chef, mais si tu aimes les poissons exotiques, je connais justement un endroit où on pourrait en voir.

Les yeux de Jean-Paul Paul Jean-Pierre s'illuminèrent soudain.

— C'est vrai ? dit-il, tout sourire. À la ville avoisinante ?

— Non, dit le chef. En Floride. Avec tout ce qui se passe en ce moment, j'ai besoin de me changer les idées.

— Je vous comprends, chef. Avec l'invasion des trous noirs et les autres plaies d'Égypte qui se déversent sur Kitchike, personne peut vous en vouloir de prendre de petites vacances.

— Dis-moi, Jean-Paul, as-tu encore ta vieille Mazda ? J'aurais besoin d'un chauffeur.

Jean-Paul Paul Jean-Pierre n'en croyait pas ses oreilles, alors il demanda à ses yeux qui confirmèrent leurs dires : Jack Saint-Ours, le chef de Kitchike, l'invitait à prendre des vacances avec lui, en Floride ! Jamais il n'aurait cru avoir un jour un tel privilège. Il s'imaginait déjà partager la table du chef dans un grand restaurant du Sud, déguster de l'hippocampe ou autre bestiole comestible dispendieuse, et peut-être même apparaître aux côtés du chef sur une carte postale envoyée à ses concitoyens amérindiens aborigènes autochtones indigènes membres de la Première Nation de Kitchike. Enfin, la chance lui souriait, et il n'était pas le genre de gars à laisser passer une telle occasion.

— Je suis votre homme ! clama haut et fort Jean-Paul Paul Jean-Pierre en se levant d'un bond.

Jack Saint-Ours offrit un sourire satisfait, puis lui dit :

— Va te stationner derrière, et aide-moi à descendre mes bagages. On part !

XII

Pierre Wabush ne répondit ni au téléphone, ni à la porte, ni aux textos, ni à ses courriels, ni même à son foutu Facebook. Jacqueline demanda à quelques-uns des hommes du chef de faire des rondes dans le village, mais retint l'envie d'apposer des affiches *Recherché mort ou vif* sur les poteaux de la communauté.

Au dire de Jakob, Wabush était parti dans le bois et ne reviendrait pas avant quelques jours. Mais quelques jours seraient beaucoup trop tard au goût du chef. Après de longs moments d'hésitation, Jacqueline choisit tout simplement de barrer le nom de la liste, en espérant qu'elle ne ferait pas les frais de cette disparition aussi subite que fortuite.

XIII

Jacqueline Cœur-Brisé fut aussi surprise de constater que son propre nom apparaissait sur la liste des convocations, que de voir que le chef ne l'avait pas découpé en syllabes comme lorsqu'il s'adresse à elle à voix haute.

Lorsqu'elle entra dans le bureau de son patron à l'heure indiquée sur le bout de papier, elle constata que celui-ci avait disparu. Sur son aire de travail, elle trouva quatre boîtes de carton emplies de paperasse, de même qu'un mot griffonné de sa main :

Fais tout disparaître.
Absolument tout.
Même ce papier.

Jacqueline se demanda si cela incluait les liasses de 20 $ déposées sur la pile de boîtes, mais pour éviter de se faire reprocher plus tard d'avoir mal compris les consignes, elle les rangea discrètement dans son soutien-gorge, puis entreprit de déchiqueter le reste du papier.

Et tout, absolument tout, disparut.

ÉPILOGUE(S)

Minuit moins cinq dans les boisés de Kitchike. La lune s'est levée tard, mais là, a trône au cœur du ciel, pis j'suis même pu capable de trouver un p'tit coin d'ombre pour me cacher. De qui, de quoi ? Peut-être juste de moi-même, en fin de compte. Pierre Wabush, grand innocent, pourquoi t'es pas juste retourné chez vous pour te coucher ?

C'qui est fait est fait et qu'est-ce qu'ils ont vraiment contre toi ?

Pas grand-chose.

J'devrais être heureux, mais à vrai dire, j'le suis pas vraiment. J'avais pas anticipé que l'vieux Noé péterait les plombs d'même. On peut pas dire qu'il manque d'imagination, le vieux bouffon. Avoir su qu'il avait des talents de pickpocket, j'aurais fait attention.

Fuck all. C'est fait, non ?

D'une façon ou d'une autre, c'est réglé. Pu de Saint-Ours, pu de prince du Canada, pu d'arrogance malsaine et de gouvernance au plus offrant... La paix, la droiture et la justice pourront s'remettre à bourgeonner dans le terreau fertile de Kitchike !

Pff! faudrait être ben naïf pour croire ça. C'pas mon cas. Nah, moi j'sais très bien c'qui m'attend. Tous les médias vont parler d'la fourberie du Conseil de Kitchike, l'opinion publique va extrapoler qu'on est tous des bandits, pis qui c'est que l'monde icitte va blâmer? Saint-Ours? Yaskawish? La mafia? Les firmes d'avocats qui financent les crosses des petits princes? Non, l'coupable sera celui qui a brisé l'omerta. La mémère, le paria qui a osé faire tout éclater au grand jour. Pierre Wabush. Le seul et unique. Pas la grande échalote qui a envoyé les cartes postales.

D'aucuns s'empresseraient de faire porter le chapeau au vieux Noé pour sauver leur peau, mais ces d'aucuns-là, c'pas moi. J'suis pas du genre à blâmer les vieux pour nos propres transgressions. Surtout pas les plus légitimes.

D'autres pourraient croire qu'on m'doit des remerciements, mais j'suis pas assez con pour espérer un traitement de faveur. Non, maintenant, y vont tous se méfier. Pas juste les Saint-Ours. Tout l'monde. Y'a pu personne qui osera m'adresser la parole pendant un boutte. J'vais être radioactif, contaminé socialement.

Une chose est sûre, après cet épisode-là, j'me pognerai pu jamais d'job au Conseil. Parce que même sans Saint-Ours, ça demeure ça, Kitchike. Y'a pas de place pour les parias, icitte. Soit tu baisses la tête pis tu fermes ta gueule, soit tu déclisses d'la communauté. Y'a pas d'option C, à moins d'être un vieux débile. Mais moi, j'vais pas m'expatrier. J'vais rester icitte pour rappeler à tous les crosseurs de vice-rois d'fond de réserve qu'on les checke. M'en vas être le Batman des pauvres, l'ombudsman autoproclamé des déshérités, le foutu Trickster des mythes. Si y faut, j'vais me faire tatouer *Fuck you gros chef* dans l'front, pis m'pavaner dans les rues de Kitchike jusqu'à ce que j'devienne sénile pis incontinent. Le vieux Noé est pas éternel. Ça prend d'la relève.

Tandis que j'constate que la faim commence à m'gruger l'intestin grêle, le miracle que j'avais attendu, si j'avais cru à quoi que ce soit, me tire de mes délires masochistes. Au-dessus de la cime des arbres, de l'autre bord de la rivière, des lumières s'envolent vers le firmament. Deux comètes dansent l'une autour de l'autre pis gravissent les échelons du ciel pour se faire gober par une bouche céleste pas de dents.

Wow.

J'suis peut-être plus proche d'la sénilité que j'le croyais. Peut-être que c'est un signe. Mais comme y'a pas de légende qui vient avec, j'vais juste m'écraser contre un arbre, pis espérer rêver à un peu de tendresse. Peut-être même à parker mon pickup dans le garage de la petite Yaskawish. Elle a peut-être pas de steering, mais au moins, avec elle, j'ai rien à justifier.

***

Midi moins cinq dans le Old Town, en direct de chez Alphonse.

Un jeudi d'avril semblable aux autres, mais en plus triste.

Même le soleil de plomb ne parvient pas à extirper un sourire à Kitchike. Il fait juste allonger nos ombres davantage pour noyer notre gêne dans l'obscurité. C'est pas qu'on n'est pas habitué aux mauvaises nouvelles. Non, j'crois qu'on pourrait avoir notre propre journal télévisé. Comme dit Stéphanie, c'est pas tant les malheurs, le problème. C'est plutôt le manque d'alternatives, notre incapacité à voir plus loin, à cultiver l'espoir, à imaginer les choses autrement.

Elizabeth dit que c'est à cause de la colonisation pis de notre belle « démocrassie ».

J'ne sais pas ce que ça veut dire. J'n'ai pas assez étudié.

Ce que j'sais, c'est que la fourberie de Jack Saint-Ours a atteint des sommets qu'on a rarement vus ici. Ça l'a causé tout un malaise, une espèce de honte collective dont on doit se partager le fardeau. Si seulement on pouvait se partager le pouvoir de la même façon.

Le clan Saint-Ours a perdu son champion. Une fois sans maître, les disciples n'ont pas su obtenir un consensus sur la succession. Pas de chef, pas d'intérim : le ministère a dû décréter une nouvelle élection. Le clan Tooktoo a jubilé toute la semaine. Ils ont déjà commencé à fêter leurs élections avant même que la campagne ne soit commencée. Pour l'instant, Max est content : les partys qui finissent pas, ça fait vendre des caisses de bières. Moi, ce n'est pas ce qui m'enchante le plus. Parce que chez Alphonse, une élection, ça veut dire que tous les candidats vont venir se pavaner pis prêcher leurs idioties habituelles à une clientèle trop apeurée pour laisser transparaître de quel bord elle va faire sa marque sur le bulletin. Si au moins j'avais pu finir mes études, j'aurais pu m'épargner cette passe-là, pis disparaître en ville pour quelque temps. Ben non, j'suis pognée icitte.

À Kitchike, quand t'as pas d'instruction, tu peux te tirer d'affaire en travaillant au casse-croûte, aux boutiques d'artisanat ou chez Alphonse Gaz Bar. En tout cas, pour une fille. Les gars, eux, ont d'autres possibilités, mais j'ne peux pas dire que j'les envie. Les shops de la réserve, ça fait vieillir prématurément, le corps comme l'âme. Juste à observer Jean-Paul Paul Jean-Pierre, on l'voit bien.

Eh! Jean-Paul a disparu avec son pickup, en même temps que Saint-Ours pis Pierre Wabush. Madame Paul a parti un pool. Elle prend des paris sur lequel des deux est responsable de la chute de Jack. Soyons francs, la plupart des filles misent sur Wabush. Perso, j'espère juste qu'il lui est rien arrivé. J'l'aime bien, Pierre. Dans d'autres circonstances, on aurait pu faire un bout de chemin ensemble, partager plus que quelques nuits. La dernière fois que j'l'ai vu, c'était à la première de Teandishru'. Il avait l'air heureux, content de venir encourager son jeune pote. Teandishru' est pas resté longtemps. Il a disparu après son dernier show, avec une jeune femme, une nouvelle flamme, en quête d'un conte de fées. J'me demande s'il a su la nouvelle. Ça va être dur à digérer, même pour la vedette locale. Il va s'en faire poser des questions en tournée.

Ouais, j'aimerais ça pouvoir sortir d'icitte, moi aussi. Aller à l'université, le plus loin possible de Kitchike, pour m'faire bourrer la tête de concepts plus abstraits les uns que les autres. Quand mon petit Waso sera assez grand, sûrement, j'le ferai. Passer mes heures et mes journées à lire pis à écrire, ça ferait changement.

Peut-être que j'devrais commencer par écrire un journal. Faudrait que j'me vide l'esprit de toutes ces histoires-là. Des fois, j'trouve mon univers tellement triste. Peut-être que si j'mettais tout ça par écrit, que j'en faisais un grand récit… Qui sait? Peut-être que ça pourrait délivrer mon cœur de tous ses soucis.

FIN

TABLE DES MATIÈRES

PROLOGUE	9
JEAN-PAUL PAUL JEAN-PIERRE	17
AUGURES	29
POW-WOW	39
PENDANT CE TEMPS, DANS LA VILLE AVOISINANTE	49
CHEZ ALPHONSE	55
LA CAGE	77
ZOMBIE	89
L'HOMME QUI FAIT DANSER LES ÉTOILES	107
LA GRANDE DÉBARQUE	127
ÉPILOGUE(S)	167

Achevé d'imprimer en mars 2021
sur les presses de Deschamps Impression à Québec (Québec, Canada)
pour le compte des Éditions Hannenorak